KB159507

내 인생의

사방연속무늬

내 인생의
사방연속무늬

류소영 소설집

차 례

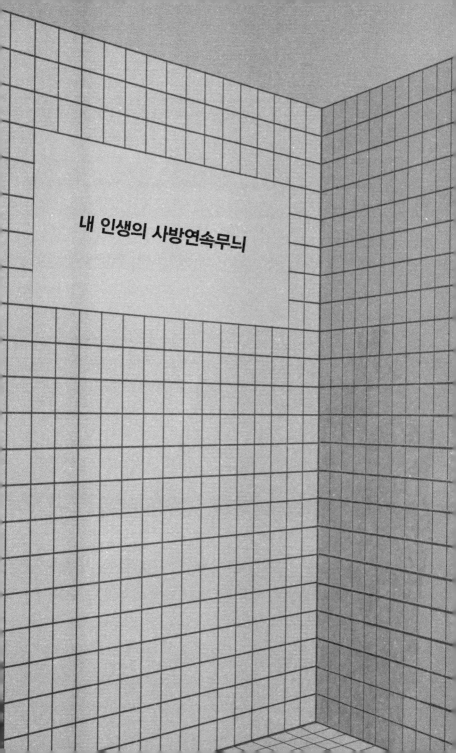

내 인생의 사방연속무늬

내 생의 사방연속무늬가 있다. 더불어 너를 다 알고 있다는 듯 똑똑 규칙적으로 떨어지는 물소리와 일렁거리는 물그림자가 있다.

열두 살 한여름이다. 단축 수업을 하고 가을 운동회 연습을 위해 오후 시간을 모두 무더운 운동장에서 보내던 시절의 얘기다. 줄과 열을 맞추고, 호루라기 소리에 태엽 인형처럼 자동으로 반응하고, 흥겨운 음악과 상관없이 전혀 흥이 일지 않던 집단 체조. 그 시절의 얘기다. 운동회 연습을 지도하던 여선생이 아파서 출근하지 않았었나 어쨌었나, 어쨌든 운동회 연습이 취소되어 나는 친구들과 바 아이스크림을 하나씩 빨며 투스텝으로 이른 귀갓길에 올랐을 것이다. 선물 같은 오후

였을 것이다.

본능적으로 알았다. 그 어떤 소음도 내 입 밖으로 내뱉어서는 안 된다는 것을. 나도 엄마도 낯모르는 그 남자도 모두 위험에 빠지고 난처해진다는 것을. 이상하고 슬픈 그림이 완성된다는 것을. 그냥 온몸으로 알게 되었다.

엄마는 새총처럼 두 다리를 드높이 브이자로 들어 올리고 한 건장한 남자 아래에서 유연하게 움직이고 있었다. 낡은 선풍기가 덜덜거리며 돌아가고 있었다. 너무 더웠다. 내게만 그렇게 느껴졌는지도 모르겠다. 엄마는 엄마의 평소 음색이 아닌 하이톤으로 아이가 보채는 듯한 소리를 내기도 하고 남자의 등짝을 세게 쥐었다 놓아주기도 했다. 사람의 몸으로 저렇게도 자연스러운 리듬을 만들어낼 수 있구나 느껴질 만큼 남자는 리드미컬하게 허리를 움직이고 있었다. 내 엄마가 아니라면 그냥 움직이는 명화를 보는 기분이었다. 나는 실내화 가방을 떨어뜨리지 않기 위해 땀 밴 손아귀에 힘을 주었고 어쩌면 내 생애 처음으로 어떤 성적 자극을 받았는지도 모르겠다. 손에 힘이 계속 들어가고 있었고 약한 어지럼증을 느꼈던 것도 같다. 그 와중에도 나는 엄마 다리가 참 희고 단단하다는 생각을 했다. 엄마가 걸레로 방을 훔치고 있을 때나 겉절이를 버무리기 위해 여름 치마를 걷어 올리고 있을 때 슬쩍 보았던 그 다리는 거기에 없었다. 눈부셨다. 날렵하고 그것으로 충분해 보이는 육체였다. 헤아려보니 그녀는 서른여덟이었다.

살금살금 다시 집 밖으로 나가 무언가에 홀린 듯 얼굴이 달아오른 채 시간을 보내다 도로 집으로 왔다. 그새 머리를 단정하게 묶고 잘 익은 복숭아를 깎아 건네던 그녀. 열두 살 내 마음속에 그러나 이건 아니라는 생각이, 방황하는 죄인에게는 벌을 주어야 한다는 생각이 몰려들었다. 알 수 없는 열기에 아직도 얼굴이 벌건 그대로, 잠시 집을 도로 나가 있던 시간 동안 더해진 내 분노의 열기까지를 얹어 손에 집히는 대로 이런저런 살림을 던지고는 문을 박차고 집을 나섰다. 그대로 멋있게 나왔으면 좋았겠지만, 그녀에게 내 분노를 짚어보게 만들 시간을 주었다면 참 좋았겠지만 80년대식 조잡한 양옥의 높은 턱에 걸려 잘못 넘어지면서 팔을 쓸 수가 없었고, 의아해하며 내 걸기를 바라보던 그녀에게 "엄마, 팔이 이상해"라며 울며 안길 수밖에 없었다.

이때 생기게 되었다. 내 인생의 사방연속무늬. 지워버리고 싶은 내 생의 어떤 국면마다 진창처럼 떠오르던 그 무늬, 그 물소리, 그 물그림자.

여름이라 매일 씻어야 하는 상황에서 나는 깁스한 팔 부분만 남기고 알몸이 된 채 그녀에게 내 몸을 맡길 수밖에 없었다. ……그때 나는 갓 몸이 변해가고 있었다. 내가 왜 분노에 찬 눈길로 자신을 쏘아보는지 알 길이 없는 그녀는, 인생에

새바람을 만난 싱그러움과 생기로 나를 열심히 씻겨내었다. 그러면서 "어머 우리 미선이 밑이 거뭇거뭇해지네. 귀엽기도 해라", "우리 미선이 가슴 새봄에 움돋는 꽃봉오리 같구나. 지금은 티스푼만 하지만 금방 밥숟가락만 해지고 곧 밥공기만 해질 거야. 한번만 눌러봐도 돼? 아니 아니지. 아프겠지?" 하면서 호들갑을 떨고 콧노래를 부르곤 했다. 나는 거듭 노려보고 또 노려보았으나 끝끝내 아무 말도 하지 않았다. 참았던 것 같기도 하고 말할 수 없었던 것 같기도 하다. 그냥 그 며칠 견딜 수 없이 모든 것이 분하다는 생각으로 내 깁스만 노려보았다. 다만 어린 마음에도 슬프게 예감했던 것 같다. 앞으로 나는 내 생에 꽤 여러 번 이 무늬, 이 물소리, 이 물그림자를 만나게 될지도 모른다는 것을. 아랍식인지 바로크식인지 이도 저도 아닌 한국의 70년대식인지 모를 지루하고 촌스러운 사방연속무늬와 그 무늬를 지워낼 듯 일렁거리던 물그림자, 그리고 시간이 너무도 더디게 흐른다고 느껴지게 만드는 규칙적인 물소리를. 더불어 나는 왜 여기에 있는가, 여기에서 지금 나는 무엇을 하고 있는가 하는 가여운 질문을.

　스물하나가 된 내가 신촌 거리에 서 있다. 정부 출범 석 달 후. 한때 민주화운동의 양대 산맥 중 한 사람이었던 당시 대통령은 집권당에 들어가 여당 후보로 선출된 후 정권을 잡았고, 집권 초기, 군내 조직 문제, 금융 문제 등에서 과감한 개

혁정책을 펴 국민들 열에 아홉은 아낌없는 지지를 보내던 시절이다. 그 시절에 여윈 불독처럼 살아가던 스물하나의 내가 있었다. 역사상 처음으로 노동절 집회가 합법적인 축제처럼 진행되었다. 경찰이 폴리스 라인을 치고 교통을 통제하고 시위 대열 옆에서 호위하듯 발을 맞추며 진행을 도왔다. 젊은 우리들은 당시 몇 가지 별 긴요하지 않은 경제적 이슈들을 들먹이며 "─하는 김○○ 정권 각성하라"는 구호들을 외쳤다. 타도하자 아닌, 각성하라, 를. 이른 더위에 물을 마셔가며, 부채질을 해가며, 목덜미에 흐르는 땀을 닦고 머리끈을 빌려주고 머리를 묶어가며 그렇게 긴장감 없는 행진을 이어갔다. 축제이긴 했으나 우리는 시위를 축제처럼 기획할 준비가 되어 있지 않았고, 이른 무더위로 아스팔트는 달아오르고 있었다. 긴장감도, 흥도 재미도 없는 고행길이었다. 그러다가 어느덧 나와 내 주변 여학생들을 따르는 한 무리의 시선을 비로소 느꼈다.

전경들. 일 년 만에 할 일을 잃고, 아니 할 일을 잃지는 않았으되 자기 일의 무게감을 잃고 여학생 무리들의 몸매를 흘 낏거리고 옆 동료와 키득거리며 품평을 하고 껌을 씹으며 지나가는 한 무리의 시선을. 그들은 서로 장난을 치고 예쁜 여자를 찾기 위해 자리를 바꾸고 무언가 우리에게 말을 건네려고도 하고 있었다. 말을 건네는 것도 안 건네는 것도 아닌, 말하자면 희롱에 가까운 뜻 모를 웅얼거림.

내 인생이 모욕을 받고 있구나, 나는 생각했다. 이런 것이 모욕이구나, 굴욕이라는 것이구나, 그래 이것이 삶이로구나, 어른들의 세계로구나, 더불어 생각했다.

그러면서 보았다. 구 년 만에 다시 지옥처럼 조우하게 되었다. 그녀 말대로 티스푼만 하던 가슴이 밥숟가락만 해지고 곧 밥공기만 해졌지만, 그 후 다시는 나를 방문하지 않을 줄 알았던 그 사방연속무늬를, 똑똑똑 그 물소리를, 일렁이는 물그림자를. 더불어 나는 왜 여기에 있는가, 여기에서 지금 나는 무엇을 하고 있는가 하는 그 무참한 질문을.

말도 안 되는 비논리로 신촌 거리에서 나는 생각했다. 죄가 없다. 지지율 90퍼센트가 넘는 그 대통령에게도 죄가 없고, 스물하나 불독 같은 나이에 더 이상 정권 타도를 외칠 수 없게 된 그 시절에도 죄가 없고, 또래 여자들을 흘낏거리는 그 건강한 수컷들에게도 죄가 없고 다 죄가 없다. 그냥 내가 죄다, 내 존재가 죄다, 내가 열두 살에 노려보게 된 욕실의 그 사방연속무늬가 죄다. 더러운 원죄다, 그렇게. 논리로 건너갈 수 없는 울분이었다.

그 밤에 나는 폭음을 하고, 심야에 쭈그려 앉아 두고 온 고향의 그 사방연속무늬를 닮은 신촌의 보도블럭을 깨뜨리다가 파출소에 잠시 잡혀가 훈계를 듣고 귀가했다. 아마도 나는 그날의 노동절 행사에서 훈방 조치일망정 파출소에서 조사를 받은 유일한 집회 참가자가 아니었을까. 그 밤에 나는 약한 신경증을 앓는 어린 혁명가 같았다.

　그 둘.

　스물다섯이 된 내가 건널목 앞에 서서 신호를 기다리고 있다. 그날은 국가직 7급 공무원 시험이 치러진 날이었다. 8월 중순, 아침부터 늦더위가 기승을 부리고 있었다. 지하철역에서 시험이 있었던 중학교로 향하자면 건널목을 건너야 했다. 수험생 입실 마감 시간이 얼마 남지 않았기에 그 건널목 앞에는 수많은 수험생들이 신호만 힘없이 노려보며 대기하고 있었다. 이른 아침부터 사나운 여름 햇살이 폭격을 퍼붓듯 내리쬐고 있었고, 피할 수 있는 그늘은 건널목 한 귀퉁이 일부밖에 없었다. 공무원 시험을 준비한다는 예비 사명감 같은 것이 작용했을까, 시험에 붙으면 준법정신으로 무장된 바른 공무원으로 살아야겠다는 직업의식이 앞질러 작동했을까, 그 폭염의 한가운데에서도 보행 신호가 깜빡이기 시작하자 아무도 더는 움직이지 않았다. 질서 있게 행렬이 끊어졌고 다음 신호를 위해 보이지 않는 오와 열을 맞추며 차분히 대기하기 시작했다. 뒤따르는 사람들의 수를 가늠해서인지 그늘만 고집하려고 하지도 않았다. 건널목 폭만큼 단정하게 차곡차곡 무리를 이루어 햇살을 그대로 견뎌내고 있었다.

　그래, 좋다, 준법. 동기야 어찌되었든 공무원 시험을 준비하기로 했다면 나 역시 이들의 질서 속으로, 이들의 마음가짐

속으로 섞여들자 생각했고 나는 차분히 다음 신호를 기다리며 곁에 선 수험생 무리들을 살펴보기 시작했다.

……그녀들이 자매처럼 닮아 있었다. 무더위를 이기기 위한 기능적이고 수수한 여름 옷차림에 화장기 없는 낯빛, 뚱뚱하지는 않으나 오래 앉아 공부한 탓에 일찍 굽어버린 등과 어깨, 도독해진 아랫배를 간직한 채 땀을 흘리고 있었다. 대체로 웨이브 없는 생머리에 검정 머리끈으로 머리를 질끈 묶고 있었고, 어딘가에서 공짜로 손에 넣은 싸구려 플라스틱 부채로 가만가만 부채질을 하고 있었다. 스물서넛부터 서른대여섯까지, 대체로 그러했겠으나 싱그러워 보이는 얼굴이나 육체의 소유자는 아무도 없었다. 다만 지치고 선량해 보였다. 그 어떤 거절도 어려워 보였고, 사소한 고집도 어려워 보였다.

그 누구도 우리를 모욕하지 않았으나 나는 모욕당하고 있다고 느꼈다. 시절은 우리에게 고난을 줄 독재정권도 가져다주지 않았고, 반대로 우리를 별다른 까다로움 없이 고용할 경제 호황기도 선물해주지 않았다. 이전 세대의 아픔과 분노 같은 것, 내 것이 아니라 얼마나 다행인가 생각한 적이 실은 더 많지만, 그들이 누린 것은 너무 질투 나고 부러웠다.

시대는 어느덧 그저 지루하게 우리를 모욕하고 있다고 생각했다. 이것이 생의 맨얼굴이다, 그러니 견뎌라, 하고 말하는 것 같았다. 하늘을 보지 말자, 다짐했지만 나도 모르게 고개를 들어 여름 하늘을 바라보았다. 어김없이 그 무늬, 지루한 시대만큼이나 지루한 고향의 사방연속무늬, 물그림자, 물소리가 따라붙었다. "꺼져" 하고 낮게 속삭였고, 잠시 하늘을 보며 한눈을 파는 바람에 나는 그 무리 속에서 신호 위반을 하는 유일한 수험생으로 내 공무원 생활의 첫발을 내디뎠다.

시험 시간에 늦지도 않았고, 누구보다도 열심히 시험을 잘 치러냈으므로 그 아침의 해프닝은 일탈도 저항도 개뿔도 아니었다. 그냥 더러운 자기 위안이자 같잖은 허영이었다. 합격자 발표가 났을 때 나는 그 누구보다도 기뻐했다.

그 셋.

스물여덟, 삼 년 차 공무원이 된 내가 있다. 안정적인 밥벌이를 하게 되자마자, 고향의 어머니는 내게 "이번 주말에 시간 비워놓아라. 퇴근하면 틈틈이 얼굴 팩도 하고, 이번 주엔 꼭 필요한 자리 아니면 술자리 만들지 말고. 너도 알다시피 너 얼굴 잘 붓잖니? 웬만하면 이참에 술도 좀 줄이면 더 좋고……" 하면서 맞선 자리에 대한 얘기를 꺼내기 시작했다. 통화가 끝날 때쯤이면 마음속으로, 그래 당신에게 결혼은 좋았느냐, 아버지 아닌 건장한 남자와 살짝 몸 섞는 것도 좋았느냐, 시치미를 떼고 당신 자리로 돌아와 사춘기 딸의 몸을 씻긴 것도 좋았느냐, 그렇게 속으로만 묻곤 했다.

내 맞선 자리를 가능케 한 주된 공급원은 동대문에서 오랫동안 아동복 도매를 했던 이모였다. 직업, 나이, 출생 순서, 출신 대학, 부모의 직업 등등이 꼼꼼하게 메모되어 있을 이모의 부업 장부. 내가 짐작하는 항목 이외의 그 어떤 빛깔도 모두 다 베일 속에 가려져 있을 가엾은 이모의 장부. 가치관, 정치 지향성, 살면서 집착하거나 혐오하게 된 것들의 리스트, 성적인 취향, 씀씀이의 정도, 아니 아니 그보다 이모의 장부에 올라오면서까지 결혼은 대체 왜 하려고 하는지 하는 원천적인 문제까지.

목둘레가 꽉 맞는 셔츠 단추를 끝까지 채웠을 때의 느낌처럼 숨이 막히고 지루한 기분을 주는 남자였다. 그에게 내가 어떤 인상을 남겼을지는 잘 모르겠다. 시청 근처의 P호텔이었는지, 아니면 을지로 입구의 W호텔이었는지 어쨌든 시내 호텔 커피숍에서 그를 만났을 때, 이모 소개가 아닌 친구 소개였다면 짧은 사과를 하고 30여 분 만에 일어났을지도 모를 자리였다.

이모의 소개로 나가게 된 몇 번의 자리에서 뚜렷한 성과를 내지 못하고 또 한 해가 훌쩍 흐르자 어머니는 결혼정보업체의 문을 두드리게 되었다. "네 깜냥만 믿고 기다리다가는 속이 터져서 내가 내 명에 못 살겠다. 엄마 돈으로 회비 다 댈 테니, 군소리 말고 나가서 만나"라고 전화로 통보했을 때, 그러나 나는 굳이 말리지 않았다. 내가 먼저 그곳의 문을 두드리지는 않았다는 말도 안 되는 정신적 허영, 이런저런 이유로 스스로 짝을 찾는 데 어려움을 겪어온 좋은 남자가 있을 수도 있다는 기대, 독신에 대한 확고한 신념이 없다면 이런 방법으로라도 효도를 하자는 합리화 등등 여러 마음이 작용하지 않았을까, 지금의 나는 생각해본다.

그곳에서 '그'를 두번째 만났다. 이모가 소개했던, 나를 숨막히게 했던 그 남자를.

왜 그런 일이 생겼는지는 모르겠다. 아마도 이모에게 소개를 받을 때는 출신 대학과 근무처 등 보다 포괄적인 정보에다가, 굳이 업체에서는 알려주지 않는 출신 지역이나 집안의 경제력 같은 걸 추가로 들었을 것이다. 그리고 업체에서는 출신 대학에다 정확한 출신 학과, 그리고 근무하는 기업체의 이름뿐 아니라 정확한 부서명과 직책까지, 아마도 내가 슬쩍 그 연봉 규모를 알아볼 수도 있을 디테일을 알려주었을 것이다. 나는 '전에 만난 그 남자와 비슷하구나', '결혼 적령기에 접어든 번듯한 직장을 잡은 남자들은 공무원을 원하고 있구나' 뭐 이런 생각을 하며 자리에 나섰던 것 같다.

……내 눈빛에서는 숨길 수 없는 당황과 난처함이 전달되었겠으나 그 남자의 눈빛은 평온했다. 그는 알고 나온 듯했다.

"이런 일이 다 있네요. 저는…… 몰랐어요. 비슷하다고 생각은 한 것 같은데……"

"……"

"그동안 잘 지내셨나요?"

"예. 뭐…… 바쁘게 일하고, 약속 잡히면 선보고, 보고 나면 좌절하면서……"

"계속…… 잘 안 되셨나 봐요?"

"예. 그래서 알면서도 나왔어요. 공무원이시니, 분석적이고 체계적이실 것 같아서."

"예?"

"비꼬는 뜻은 전혀 아닙니다. 연봉 수준도 남들에 뒤떨어지지는 않는 것 같고, 혐오스러운 얼굴도 아니라고 생각하는데, 왜 자꾸 이렇게 안 되는지."

"……"

"제 이력을 들어서 짐작하시겠지만 살면서 이렇게 오랫동안 저를 좌절시킨 분야가 없어요."

결혼이 내가 성과를 못 낸 유일한 분야, 뭐 그런 문제는 아니지 않느냐고 항변하고 싶었으나 나는 입을 다물었다. 어쨌든 나도, 말리지 못한 것뿐이라 해도 이렇게 결혼 시장에 나왔고, 실은 냉정하게 말해 나도 별 성과 없이 업체가 제공하는 만남의 횟수가 줄어드는 상황을 무언가 초조한 마음으로 헤아리고 있었으니까. 불쾌한 대화였으나 받아칠 논리가 떠오르지 않았고, 무엇보다 급체라도 한 것처럼 꼬일 듯한 복통이 있어 자리에 오래 앉아 있기가 힘이 들었다. 다만 "듣자니 요즘 잘나가는 여자들은 강남의 대형 교회에 다 있다는데 종교가 없는 게 문제인지……"라고 한 그의 말에는 "듣기 거북하실 수도 있지만 자기 자신을 좀 오랫동안 응시해보셨으면 좋겠어요"라고 작은 목소리로 응수했다. 그러고는 어떤 말로 포장하여 그를 보낼까도 고민할 겸 잠시 화장실로 자리를 옮겼다. 내가 선택한 답지는 비겁한 자기 비하였다.

어머니의 강권으로 이모 소개도 받아보고 심지어 이렇게 업체에까지 등록하게 되었지만, 실은 아직은 결혼 생각이 없노라고, 영원히 없는지 아직 없는지는 잘 모르겠다고, 그런데 그런 진술한 속내를 어머니께 털어놓은 적은 없노라고, 서른 살이 다 되어가도록 이렇게 줏대 없이 부모에 끌려다니는 못난 인간이라고, 이렇게 두 번씩이나 나오게 해드려 본의 아니게 죄송하다고, 당신이 왜 자꾸 안 되는지에 대해서는 저도 답을 드리기 어렵다고…… 커피숍 화장실에서 오랫동안 손을 닦으며 말할 내용을 정리했다. 그러고는 그 와중에도, 나와 인연은 닿지 않겠으나 어찌되었든 내 또래 수컷에게 마지막에 예쁜 모습을 보이고 싶었는지 복통을 지그시 참으며 화장을 고쳤다.

톡톡거리며 콤팩트를 두드려나가는 그 순간, 이미 나는 더러운 예감에 사로잡혔다. 아…… 또 이렇게 만나게 되겠구나. 삼 년밖에 지나지 않았는데, 또 왜. 장수라도 하게 되면 나는 이 녀석을 또 얼마나 자주 더 만나야 하는 걸까, 하는.

천장을 보지 말자, 생각하자 화장실 거울 정면에 내 얼굴

대신 그 무늬가 친절하게도 따라붙었다. '안녕, 반가워. 비밀스러워야 마땅할, 샅 주변의 보송보송한 첫 털 오라기나 엄마한테 들키고 그러더니 너 이렇게 살아가고 있구나. 그래, 그냥 받아들여.' 일렁거리는 물그림자 속에 두고 온 고향의 사방연속무늬들이 내게 끈적이는 음색으로 속삭이고 있었다. 나는 문득, 이제 나에게 마음은 마흔이다, 아니 오십이다, 그때 내가 생각할 수 있는 영혼이 막혀버린 나이를 떠올렸다. 그리고 조용히 돌아가 공손하려 애쓰며 그의 성공과 건강을 빌어주었다.

그 넷.
마흔하나가 된 내가 있다.
그사이 나는 이모 소개도 업체의 소개도 아닌 원래 알고 지내던 동갑내기 사내와 결혼을 하고 아들과 딸, 두 아이를 낳아 길렀다.
스물한 살의 노동절 집회, 그 자리에 함께 있던 남자였다. 집회 당일, 여학생이 팔십 퍼센트 이상이었던 학과를 다닌 나는 전경들의 음흉한 눈길과 희롱의 언어를 견디지 못하고 친구들에게 "동아리든 고향 동문회 친구든 우리 다른 무리와 결합하자, 더는 못 견디겠다" 했고, 입학 후 이런저런 곳에 마음을 붙이지 못한 내가 겨우 들어간 '민요연구회' 친구들을 찾아 무더운 신촌 거리를 헤매었다. 그리고 '그' 옆에서 대화를 나누며 행진을 이어갔다. 퉁퉁 부은 얼굴을 하고 무참하게 딴 생각에 빠져 있던 나에 비해 그는 차분하고 지적이고 믿음직스러웠다. "미선아, 군사정권 무너뜨렸다고 온 국민이 다 대통령을 좋아하고, 심지어 언론들도 아직은 허니문 관계를 유지하고 있는 것 같은데, 김 정권의 무분별한 민영화, 노동시장의 유연화 같은 건 사실 심각한 문제라고 나는 생각해. 머지않아 우리 경제뿐 아니라 전 세계적으로 고용의 안정성 문제가 크게 대두될 거야", 뭐 이런 말들을 건네곤 했다. 나는 죄 없는 전경들을 노려보던 눈길을 거두고 그를 무연히 바라보았고, 머리를 세게 흔들며 '그래, 지금 내가 싸울 수 있는 문제에 집중하자' 그런 생각을 새겼던 것 같다.

그 후, 남녀 관계라기보다 강아지 무리 같은 관계로 함께 우유팩을 차고 놀고, 대동제 기간에는 늦은 밤까지 공연을 준비하고, 사회과학 서적을 함께 읽고 얘기 나누면서 여러 무리 속의 편안한 한 점으로 그렇게 지냈다. 민요연구회 동기 모임으로 졸업 후 오랜만에 만났을 때가 나의 세번째 사방연속무늬 사건이 있은 지 두 달쯤 뒤였다. 자리가 파하고 돌아가는 길, 정류장에서 버스를 기다리며 나는 "너 별 사람 없으면 내가 구제해줄게"라고 지나가는 말처럼 얘기했고, 내 눈을 오래 응시하던 그가 석 달쯤 후 내게 먼저 청혼해주었다.

그 시절은 '현장'이라는 말이 우리 젊음의 사전에서 서서히 지워지고, '애국적 사회 진출' 혹은 '진보적 사회 진출'이라는 말이 나돌던 때였다. 그는 그 기조에 맞게 어느 시민단체에 들어가는 것으로 사회생활을 시작했고, 나는 '내가 벌면 되고, 아껴 쓰고 살면 된다, 돈 있어봐야 타락이나 하지' 하는 마음으로 그와 손을 잡았다. 그러나 바람결에 들은 그의 집안 사정도 고려하지 않았다고는 말하기 어렵다. 그는 대학 시절부터도 겉멋으로 운동한다는 비아냥을 들어온 부잣집 아들이었다.

부서에 적응하고 커리어를 쌓고, 두 아이를 낳아 기르고, 부서를 옮기고 승진하고, 그러는 동안 무심한 시간이 덧쌓여갔다. 남편은 결혼 이후 두 차례의 진보 성향 대통령을 지나면서, 원래 그 단체에 진입할 때의 그림과는 달리 바빠지고 조금은 유명해지고 고민이 많아졌다.

이런저런 이동과 승진 끝에 내가 자리 잡은 곳은 나라의 선거를 홍보, 관리, 진행하는 업무를 하는 곳이었다. 바쁜 시절과 바쁘지 않은 시절이 명확했고 일이 손에 익게 되자 말도 안 되는 권태와 질투, 조바심이 찾아왔다. 시대를 빛나게 관통하고 있는 남편과 달리, 나는 아이 키우며 그저 낡아간다는…… 뭐 그런 종류의 더러운 명예욕과 무상함 같은 것들. 동구권이 무너지고 군사정권이 무너진 뒤, 하나의 판을 접고 다른 새판을 시작하듯이 적지 않은 선배들이 영달을 위해 나아갈 때, 그때서야 비로소 20대를 시작한 그와 나는 남은 현안들을 함께 고민하고, 더 큰 틀을 보려고 하고, 눈부신 젊음을 함께 지내온 것 같은데, 나는 이제 그냥 공무원이구나. 개도 물어가지 않을 억울함과 질투가 밀려들었다.

그렇게 진창 같은 세월이 덧쌓이는 사이 몇 번의 사랑 비슷한 것이 나를 지나갔다. 공무원 특유의 방어벽인지 단단함인지 무언가 애매하게 내게 애틋한 여지를 남기면서도 나를 계속 밀어내었던 한 남자. 그리고 본인의 업무 스트레스와 나이 들어가는 허무를 그저 가벼운 일탈을 통해 풀어내려던, 속이 너무 빤하게 드러나 보여 내 쪽에서 끈질기게 밀어내었던 한 남자.

마흔하나가 되어 알게 된 마흔여덟의 남자 P는 말하자면 잠시나마 서로 좋았다고 할 수 있는 유일한 경우에 속했다. 본인의 20대, 30대 시절을 과장하지도 자랑하지도 않았고, 그 시절에 묶여 있지도 않았지만 그 시절에 품었던 마음의 바탕은 간직한 채 살아가려 애쓰는 사람이었다. 업무에서 개선할 점을 지속적으로 건의하고, 그러면서도 합당하게 주어진 일은 가장 유능하게 수행해낼 줄 아는 추진력도 있었다.

누가 먼저랄 것도 없이 서로에게 빠져들어, 함께 술을 마시고 영화를 보고, 술집 구석자리에서 가만히 입을 맞추고, 갈대숲을 걷고 책을 추천하고 사무실 근처 작은 공원에서 몰래 포옹을 했다.

어느 밤, 뭔지 모르게 만남이 겉돌기 시작하는 듯한 묘한 기류를 감지하고는 "물론 위선이겠으나 파트너에 대한 의리로 몸은 섞을 수 없다"고 용기 내어 말하자 P는 "죄책감이나 의리, 이런 거 다 못 믿겠다. 우스운 얘기다. 마음을 준 것은 그러면 미안하지 않느냐? 기혼 남녀 간의 연정이라는 게 너는 대체 뭐라고 생각하니? 직시해라. 네가 나를 그 정도로는 생각하지 않는 것이다"고 쏘아붙였다. 삼 일여의 불면의 시간 끝에 '그래 맞는 얘기다, 내가 끝끝내 움켜쥐려고 하는 것? 그게 다 뭐랴' 하는 마음 쪽으로 가닥을 잡고 집에는 숙박 워크숍으로 알린 채 여행 계획을 잡았다.

이 역시 물론 위선이다. 그저 욕구를 채우는 게 전부인 양 도시의 뒷골목에서 몸을 섞을 수는 없다는 위선. 그러나 나의 이 위선이 결국 패착이 되었다.

……결정적인 순간 P의 성기가 말을 듣지 않았다. P의 나이를 감안하건대 기억에 남을 정도로 잘해내고 싶은 욕심, 혹은 우겨서 관철시킨 일에 대한 불필요한 책임감과 의욕 등등이 빚어낸 참사가 아닐까, 지금 생각해본다.

P는 당황한 기색이 역력한 얼굴로 "나 원래 이렇지 않아. 아직은 이런 사람 아니야, 전혀. 냉수 자극을 주면 분명히 나아질 거야. 잠시만 기다려줄래?" 하면서 다시 씻으러 욕실로 향했다. 때는 11월이었다. 한겨울은 아니었으나 냉수로 몸을 씻기에는 고통스러운 절기였다.

위선을 버리고 도시의 뒷골목에서 몸을 섞었더라면 어깨 한번 토닥이고, 긴 시간 마음을 담은 다정한 포옹을 하고, 위로의 입맞춤을 건네고 따뜻한 정종이라도 마시러 툭툭 털고 나갔을 것이다. 그러나 그곳은 서해안 바닷가였다. 밤새 여러 가지 눈물 나는 시도를 하다가 아침에 일어나 해변을 걷고 해안 사구를 걷고 수목원을 또 걷고 함께 밥을 먹고 서울로 향할 생각을 하니 아찔하고 가혹했다.

나는 내 생애 가장 기민한 몸놀림으로 옷을 입고 짐을 챙겨 들고 숙소를 빠져나왔다. 그러고는 펜션촌 초입, 우리 숙소와는 좀 떨어진 불 켜진 숙소로 들어가 도움을 청했다. 그런 순발력과 기지가 어디서 나왔는지 나는 알 수 없다. 남자 친구랑 놀러 왔는데 무슨 말다툼 끝에 그가 나를 때리려 한다고, 너무 무섭다고, 죄송하지만 삼십 분쯤만 사무실에 머물게 해달라고, 그런 다음 택시를 좀 불러달라고, 은혜 잊지 않겠다고…… 내가 내 스스로에게 순간적으로 놀랄 만큼 완벽한 스토리에 완벽한 표정 연기였다.

펜션 진입로 골목을 헤매며 내 이름을 부르고 나를 찾아다닐지 모른다는 예상과는 달리 골목은 잠잠했고, 짐작했던 한밤의 소동이 일어나지 않은 것에 나는 안도하기도 하고 묘한 상실감에 쫓기도 했다. 나를 호기심 가득한 눈길로 살피는 초로의 충청도 택시 기사를 앞에 두고 나는 소리도 없이 울었다. 흐느낌도 없이, 그저 몸이 고장이라도 난 듯 눈물이 끊이지 않고 흘러내렸다. 시야는 흐려졌고, 눈물이 만들어낸 것인지 그 옛날 물그림자가 소환된 것인지 차창 밖이 일렁거리기 시작했다.

늦은 밤에 돌아와 나는 또 한 번의 연극으로 그 길고 지루하고 무참한 날을 마감했다. "엠티 가서 싸움질하는 것 대학 시절에 다 끝난 줄 알았더니 사람들 참 안 변해. 나잇값들을 못하고 아집만 늘어가지고서는…… 지겹고 꼴 뵈기 싫어 나와버렸어. 다 지들 잘난 맛에 사는 공무원 무리들." 의아한 눈길로 졸린 눈을 부비며 나를 바라보는 남편을 향해 과장되게 짜증 섞인 말투로 한바탕 쏟아부었다. 큰 숨을 한 번 쉬고, '악몽을 꾼 것이야' 하며 머리를 흔들고 진정하려 애쓰며 짐을 풀었다. 그러다가 옷을 갈아입으려 보니 속옷이 뒤집어져 있어 다시금 무참해졌다. 그 속옷이 새로이 장만한 비싸고 예쁜 종류의 것이어서 더욱더.

이젠 제발 나를 그만 따라왔으면 싶은 사방연속무늬……

그 밤의 도주에 대해 어떻게 해명해야 좋을지 몰라 몇 번의 전화를 무시하고 난 다음, P와는 자연스럽게 멀어지게 되었다. P는 한동안 부서 술자리에도 잘 나타나지 않고, 업무상 상의할 일이 있을 때에도 후배 직원을 통해 간접적으로 전하곤 하면서 나를 피했다. 그러다가 어느 순간 더 밝아지고 업무 협의상 꼭 필요하지 않은 상황에서도 더 많은 대화를 시도하고, 사람들 사이에서 내게 문득 반말을 하면서 이상하게 삐뚤어져 갔다. 부서 술자리에서 먼저 일어나기라도 할 때면 "어이 최미선 어디 가?" 하면서 손목을 잡아채었는데, 조심조심 비밀 연애를 할 때에는 결코 없던 모습이었다. 사람들이 "둘이 뭐야?"라고 하면 "최미선 내 오피스 와이프잖아? 다들 몰랐어? 이런 유행에 뒤떨어진 꼰대 공무원들 하고는……" 하면서 과장되게 껄껄 웃었다.

때로는 우리만 아는 이야기로 대화를 받아치며 묘하게 나를 비꼬곤 해서 내 마음을 힘들게 만들었다. 가령, 윗선에서 요구한 하반기 새로운 업무지침이 있고 우리 부서에서는 그 것을 받아들이기 힘든 상황이 있었는데, 내가 그 중간쯤에서 적정한 타협점을 찾아 하반기에 이런 이런 정도로는 바꾸겠 다며 부서장을 만나 합의를 이끌어낸 적이 있었다. 돌아와 상황 보고를 하는 자리에서 P가 "최미선 역시 미꾸라지 같어. 윗사람에게도 우리들한테도 욕 안 들어먹을 정도로 딱 얘기했네. 갈등 상황 직전에서 도망쳤구만. 최미선 원래 도망 잘 가니까", 하며 받아쳤다. 고통스럽고 무참했으나 이미 마흔 줄이 넘은 나 역시 노회한 미소로 "그럼요. 이젠 싸우기 피곤하죠" 하면서 넘어갔다.

내가 P에게 매력을 느꼈던 순간들, 그 빛나는 동경과 탐색의 시간들 속에서는 짐작조차 못했던 P의 그늘, 야비함, 어둠이었다. P의 전출로 간신히 종결된 일 년여, 그 속수무책의 인내하는 시간들 속에서 P에게 나의 모습 역시 별반 다르지 않게 각인되었으리라 생각하면 그 역시 너무 아프다. 사방에 무늬 무늬, 소리 소리, 그림자 그림자······

　그 다섯 그리고 지친 여자, 최미선

　미선은 이제 마흔일곱이 되었다. 미선은 더 이상 그 진창 같은 사방연속무늬의 환영으로 고통당하지 않게 되었다. 다만 오래 앓고 있는 그녀의 위염 증상처럼 그 무늬는 희미하게 떠올랐다가 지워지고, 더불어 나는 왜 여기에 있는가, 하는 질문 역시 습관적으로 떠올랐다 지워지곤 했다. 그 무엇도 이제는 뚜렷하지 않은 남루한 일상을 건너가고 있는 것이다.
　잊을 만하면 한 번씩 등장하여 부서를 뒤집어놓고 사라지는 한 50대 악성 민원인의 호통―"니들 내가 누군지 알고 이래? 감사 한번 제대로 받아보고 싶어?"―을 들을 때, 수험생 아들을 위해 어느 유명 강사의 방학 특강에 등록하려고 이런저런 핑계로 조퇴를 하고 학원 앞에 나른하게 줄을 서서 기다릴 때, 부서 업무로 소개받은 유력인으로부터 어느 기업의 인수 합병 정보를 미리 듣고 그 기업의 주식에 예금을 싹싹 긁어 투자한 다음, 업무 중 두근거리며 슬쩍슬쩍 호가창에 눈을 돌리고 있을 때 그 무늬는 슬쩍슬쩍 나타났다 사라졌다. 미선이 주식 호가창에 눈을 돌리는 그 강도와 속도로, 그저 그렇게 무심히 슬쩍슬쩍.

얼마쯤 강한 강도로 미선을 조금은 괴롭히며 오래 머물렀던 무늬, 물소리, 물그림자도 있었다. 타 과로 전출 갔으나 전체 부서 워크숍이 있을 때면 어쩔 수 없이 P를 마주쳐야 했다. 그럴 때면 가식적인 온화한 미소로 P를 대하고, 안부를 묻고, 아직 젊고 싱싱함을 보여주기 위해 워크숍 시작 전 화장실에서 오랫동안 옷매무새를 가다듬고 화장을 고치곤 했다. 미선은 한동안 화장실 천장을 응시하며 잠시 열두 살 소녀의 울분 속으로 빠져들었었다.

P는 더했다. 꼼꼼히 염색을 했고 비싸 보이는 슈트를 입었고 미선과 경쟁이라도 하려는 듯 자신이 먼저 악수를 청하고 인사하기를 원했다. P의 얼굴 위로 겹치는, 그 아교 같은, 거머리 같은, 가난 같은 사방연속무늬.

어느덧 마흔일곱이 된 미선은 때때로 생각하게 되었다. 아마도 내가 죽는 순간의 마지막 질문도 이런 것이 아닐까 하고. 나는 왜 여기에 있는가, 여기에서 나는 무얼 하고 있는가, 하면서 의아해하고 낯설어하고 모욕당한 듯 느끼다가 다른 생으로 건너가지 않을까 하고.

꺼져가는 의식을 붙잡고, 미선의 성기를 찢고 세상 빛을 보게 된 늙어가는 아들과 딸을 사랑스럽게, 그러나 한편으론 낯설게 응시하며 되물을지도 모른다. 나·는·왜·여·기·에·있·는·가·, 여·기·에·서·나·는·무·얼·하·고·있·는·가,

그렇게 마지막으로.

다만 그 마지막 순간에는 이런 질문이 덧붙을지도 모르겠다. 종교적 혹은 철학적 성찰의 결과가 아니라, 다만 얄팍한 공포 혹은 불안 혹은 호기심으로. 나는 이제 어디로 갈 건가, 이것이 정녕 영원한 끝일까, 하는.

그녀가 짐작할 수 없는 삼십 년 후, 혹은 사십 년 후의 병원이거나 집이거나 요양시설의 천장을 생각한다. 미선이 상상하는 미래의 이미지에 걸맞게 그것은 세련되고 차가운 메탈 혹은 무늬 없는 상아색의 단정한 벽일 것이다. 그곳에서 또다시 그 옛날의 무늬를 만나게 된다면 미선은 그녀의 아들을 향해 손을 들어 천장을 가리키며 웅얼웅얼 중얼거릴 것이다. 아마도 불을 꺼달라거나 커튼을 좀 쳐달라거나 다른 방으로 나를 옮겨달라는 뜻의 속삭임을. 그녀의 말은 전달되지 않을 것이고, 그녀는 다시 열두 살로 돌아가 지겹고도 아늑한 그녀만의 진창 속에 안겨 생을 마감할 것이다.

전화벨 소리에 감았던 눈을 다시 뜬다.

미선은 목이 조금 잠겨 있다.

"감사합니다. 정보운영과 최미선입니다."

그녀의 초승달

그녀, 김은우와 석과 윤, 그리고 나 이렇게 넷은 소공동 소재 스포츠센터의 스쿼시 강습 시간에 처음 만났다.

어느덧 입사 오 년 차의 직장인이 된 나는 퇴근 무렵이면 머리가 멍해지고 귀에서 이상한 소리가 나는 증상을 견디기 힘들어 스포츠센터에 등록했고, 말도 안 되는 자세로 그저 부장 욕이나 해대며 텅— 텅— 공을 넘기기에 급급하다 보니 오히려 허리가 아프고 관절에 무리가 가게 되었다.

그래, 나 스스로 나를 소진시키는 게 싫어 운동으로 풀자 했더니, 이제는 운동으로 또다시 나 자신을 소진시키고 있구나…… 하는 절망과 자책으로 주 2회 실시하는 강습 프로그램에 등록하게 되었다. 아무 목표도 없었지만, 제대로 된 자세라도 익혀보자는 생각에서였다.

그곳에서 김은우, 석과 윤을 만났다.

김은우는 서른세 살 된 미혼녀로 늘 힙합 패션 같은 품 넓은 셔츠에 일부러 늘어뜨린 허리 벨트, 찢어진 청바지류를 입고 다니고 털털한 성격에 시원시원한 화법을 구사하는 커트 머리의 여자였다. 때때로 입에 착 달라붙는 맛깔스런 욕을 구사하기도 했고, 치아의 대부분과 목젖이 훤히 드러나게 하는 껄껄거리는 웃음을 터뜨리기도 했다. 그녀의 이름이 그러하듯 중성적인 분위기가 있는 여자였다. 잘 뜯어보면 매력적인 이목구비를 가지고 있었고, 품 넓은 옷 속에 놀랍게도 아름다운 몸매를 숨기고 있어, 나는 그녀가 스쿼시용 운동복으로 갈아입고 운동하는 모습을 자주 훔쳐보곤 했다. 털털한 그녀는 뜻밖에도 기업체 비서실에서 근무하고 있었다. 가끔, 일이 늦게 끝나 일하던 복장 그대로, 그러니까 승무원 마냥 활동하기 불편해 보이는 딱 붙는 정장 차림에 하이힐을 또각거리며 스포츠센터로 들어서는 그녀의 표정은 어딘지 슬프고 지쳐 보였다.

석은 서른다섯의 대기업 대리로 우리 중 아마도 최고 연봉자일 듯싶었다. 처음 인사를 나눌 때 우리는 시내 한복판에 위치한 스포츠센터인 만큼, 출신 대학이나 전공은 밝히지 않으면서도 근무처는 밝히면서 자신을 드러내었는데, 유독 석은 처음부터 명함을 내밀며 우리에게 먼저 악수를 청했다. 역시 미혼으로 인사 나눌 때 김은우를 느끼하게 훑어보았는데,

나는 그 두 가지 모습만으로 석을 절반 이상 알아버린 느낌이었다. 가소로운 정신적 우월감, 알고 보면 사실은 열등감이라고 비난받아도 어쩔 수 없다.

윤은 석과 같은 나이의 자동차 세일즈맨으로 늘 빙긋이 웃고 과묵했으며 어떤 상황에서도 분위기를 맞추려 노력하는 남자였다. 마찬가지로 미혼이었으나 김은우를 느끼하게, 혹은 애틋하게 응시하는 모습은 아니었다. 과묵한 그가 일터에서는 어떤 모습일지 정말이지 상상하기 어려웠다. 하루 대화량의 절대치를 일터에서 다 채워버려 지쳐서 입을 다물고 있는지, 원체 조용한 성격인지는 알기 어려웠다. 아무튼 함께 있으면 불편하지 않았고, 말수는 적었으나 운동신경은 독보적이었다. 좀 더 친해지면 스쿼시 강사를 상대로 세일즈라도 해볼 요량일까, 싶을 정도로 그는 강습이 필요 없어 보이는 멋진 자세와 시원한 스매싱을 선보였다.

나는 서른넷, 그러니까 석과 윤, 그리고 김은우 나이의 사이에 끼어 있는 역시나 미혼남으로 스포츠센터 인근 중견 소프트웨어 업체의 과장으로 일하고 있었다. 전공을 살려 야심차게, 나름대로는 소신 있게, 미래의 비전과 기업 철학이 있어 보이는 중견 기업을 골라 입사했으나, 그 소신은 때때로 불안과 열등감, 자기 부정 속에 쉽게 노출되곤 했다. 무엇보다 업무량이 너무 과중했고, 취업에 성공하며 꿈꾸었던 삶, 가령 외국어 공부나 연애, 트레킹 여행 같은 것들은 자연스레 잊혀

져갔다. 그래, 다 포기해도 좋다, 건강이라도 회복하자는 마음으로 운동을 시작했고, 그곳에서 이들을 만나게 된 것이다.

비슷한 나이 또래인데다 크게 튀는 언행을 보이는 이도 없었기에 우리는 자연스레 어울렸다. 주 2회로 잡혀 있던 강습 시간 이외의 자유 운동 시간에도 보통은 시간을 맞추어 운동하러 오곤 했다. 스쿼시용 코트가 두 군데였으므로, 늦게 온 두 사람은 운동하고 있는 두 사람과 눈인사를 나누고 운동 모습을 지켜보다가 교대했고, 운동이 끝나면 넷이 함께 맥주 한잔하러 가는 일도 잦아졌다.

김은우는 내게 이상하게 굴었다. 넷의 나이가 모두 붙어 있다시피 했기에, 어느 순간 다 함께 그냥 편하게 말을 놓자 하여 반말 비슷하게 했었는데, 그녀가 "어이, 김 과장" 하고 불러서 돌아보면, 쭉 뻗어 내밀고 있던 그녀의 검지가 내 볼을 찌르게 하고는 깔깔 웃는 식의 초등학생 같은 장난을 쳤다. 스포츠센터 앞에서 방심한 채 서서 신호를 기다리고 있으면 내 뒤에 바짝 붙어 서서 자기 무릎으로 내 무릎 뒤를 공격하여 갑자기 자세가 무너지게 만들기도 했다. 순간 그녀의 호흡이며 향기며 가슴이 감지되어 나는 약간 거북하기도 하고 좋기도 했는데, 돌아보면 그녀는 여지없이 호탕하게 웃어 넘겼다. 때린다는 느낌에 가깝게 툭 치고 지나가며 "굿 이브닝" 하기도 하고, 어느 날은 내게 "진현 씨 본관이 어디야?"

해서, "광산 김인데, 왜? 시집이라도 오려고?"라고 되받았더니 "미쳤어요?" 하며 서양식으로 어깨를 으쓱해 보이며 아랫입술을 내밀었다. 기분이 나쁘지는 않았지만 딱히 좋지도 않았고, '그래도 셋 중엔 내가 제일 편한가?' 싶어 시간이 흐를수록 그냥 긍정적으로 생각하기로 마음먹었다. 언젠가는 "김 과장, 도대체 사랑이 뭘까? 서른도 넘었고 이젠 서른 중반으로 넘어가려 하는데도 나는 당최 모르겠어"라고 말하기에, 어떻게 나오나 보려고 "그딴 게 어딨어? 그냥 성욕이겠지"라고 답했으나 그저 별말 없이 나를 빤히 쳐다보았다. 알 수 없는 여자였다.

어쨌든 미혼녀가 또래 미혼남에게 갖는 빛깔의 감정은 아닌 듯했다. 나는 무슨 고민이 있거나 할 때, 동성의 동료에게 털어놓고 조언을 구하듯 그녀에게 따로 와인 한잔을 청하며 여자로서의 섬세한 조언을 요청하기도 했다.

그렇게 시간이 덧쌓여가던 어느 밤이었다. 그날 역시 운동을 끝내고 한잔하자며 나선 단골 맥줏집에서였다. 맥줏집에서 무심히 틀어놓은 TV에서는 모두의 예상을 깨고 미국 대선에서 공화당 후보의 당선이 유력해 보인다는 뉴스를 전하고 있었다. 김은우는 "어…… 저게 뭐야? 완전 좆돼버렸네. 미국 놈들 저것밖에 안 돼?" 하며 혼잣말인지 들으라는 소린지 알 수 없는 중얼거림을 내뱉으며 휴대폰을 챙겨 들고 밖으로 나갔다. 그때 문득, 석이 이상한 화제를 꺼내었다.

"야, 너네, 김은우 어떠냐?"

"무슨 소릴 하려고? 그렇게 떠보는 투로 말하지 말고 핵심이나 얘기해."

그 무렵, 김은우가 나에게 애매하게 구는 것에 약간의 피로를 느끼던 내가 조금은 퉁명스레 받아쳤다.

"잉크색 초승달이 있어, 굉장히 은밀한 곳에."

"……"

"문신인지 점인지 몰라. 암튼 잉크색이야. 몽고반점이 늦게까지 안 없어지는 사람도 있다니까 몽고반점이 좀 멀리까지 번진 건지도 모르지. 안쪽 허벅지, 그러니까 팬티 라인 약간 아래에 반달보다는 날씬하고 초승달이라기엔 좀 통통한 달 모양 점이 있어. 별거 아닌데 말이지, 사람을 아주 미치게 만들어."

"잤다는 얘기네, 가끔 남잔가 여잔가 싶은 생각이 드는 저 털털한 여자랑."

윤이 잠자코 있다가 담담하게 말했다.

"물론이지, 이 촌스러운 것들. 젊은 남녀의 통성명이 그 정도는 돼야지 않겠어?"

"……"

"이게 말이야, 뭐라고 해야 되냐? 그러니까 피스톤 운동을 할 때 보였다 안 보였다 하거든. 내 움직임이나 여자의 움직

40

임에 따라 약간씩 모양도 달라 보이고…… 죽이는 거지. 어디 가서 그런 경험을 또 하겠냐?"

"그게 어떻게 보여? 너는 불도 안 끄고 하니?"

괜스레 심통이 나서 내가 여전히 볼멘소리로 받아쳤다.

"개인 취향 아니겠냐? 너네 그런 얘기도 못 들어봤어? 남자는 시각에 약하고 여자는 청각에 약하대. 그러니까 외모도 외모지만 음성을 잘 좀 가꾸라고, 이 양반들아. 같은 말도 귀에 대고 자주 속삭여주고…… 아, 이건 딴소리고, 아무튼 시각 자극을 계속 받아가며 해야 나는 오래 해. 너무 껌껌한 거 싫어. 누구랑 하는지 재확인하는 의미도 있고."

"뭐? 무슨 헛소리야?

"등신들 같기는. 결혼도 안 한 놈들이 설마 애인이 꼴랑 하나냐?"

윤은 약간 놀라는 것 같았으나 급히 표정을 감추고 예의 그 온화한 미소를 지어 보였다. 나로 말하자면, 처음부터 석이 싫었으나 같은 또래인데다가 가끔 업계 소식이나 재테크 정보 등 들을 만한 얘기가 있었기에 참고 만났지만 이제는 석을 그만 만나야 하는가, 하는 생각을 하고 있었다. 그러나, 동시에, 짐승스럽게도, 나 스스로 놀랍게도 그녀의 초승달을 꼭 보고 말겠다는 맹렬한 집념에 사로잡혔다.

"무슨 얘기들을 했기에 한 사람은 돈 딴 사람 같은 표정이고, 두 사람은 나라 잃은 표정들이야?"

통화를 끝내고 들어오며 김은우는 우리 셋을 호기심 어린
눈으로 훑었다.

"김은우 씨!"

"뭐요?"

"운동하고 끽해야 한 시간 정도 맥주로 목 축이고 헤어지는
건데, 그렇게 오랜 시간 개인 통화할 거면 굳이 뒤풀이에 안
끼어도 돼."

무슨 이유에선지 나는 서서히 분노에 휩싸여갔고, 그녀의
오빠나 남동생도 아니면서 나 자신이 모욕을 당한 것 같은 야
릇한 불쾌감에 젖어들었다.

"오늘따라 왜 이래? 까칠하게?"

"그냥 그런 생각이 들었어. 취미로 하는 건데, 사회생활의
연장이면 안 되지 않겠어?"

"진현 씨 오늘 왜 이러는지 모르겠지만, 그게 아니더라도
난 정말 가야 돼. 엄마 몸이 갑자기 좀 안 좋다는 통화였어."

약간은 얼굴이 굳은 채로 그녀는 자기 잔 아래에 2만 원을
급히 끼워 넣고 바람처럼 사라졌고, 석은 개의치 않고 듣기
괴로운 말들을 계속 이어갔다.

"근데 말이지, 더 기가 막힌 건 촉감이야."

"……"

"너네 몸에 제법 큰 점들 있어? 있으면 알겠지만, 점 위를

만지면 다른 살 조직이랑 약간 느낌이 달라. 표면도 미세하게 솟아 있고. 허벅지 안쪽을 손으로 쓸어나갈 때, 거기서부터 덜컥, 하고 야릇한 과속방지턱 같은 게 시작된다 이 말이지."

"……"

"무식한 자식들이 삽입 그 자체에 집착하지 실은 그런 게 오르가슴 이상이야."

"그만 좀 해, 석 대리. 그래 난 무식하고 단순해서 삽입 그 자체가 좋아, 됐냐? 그것도 기회가 안 돼서 못하지만."

윤이 슬쩍 우리 둘의 눈치를 보며 나와 석의 어깨를 번갈아 쳤고, 노련한 석도 "그래, 공유할 만한 경험도 아닌데, 내 기분에 취해 내가 너무 과했어" 하더니 우리 둘에게 잔을 부딪쳐 왔다.

단지, 석이 어떤 사람인지 알게 된 자리이기만 했다면 나는 그 밤을 가능한 한 빨리 기억 속에서 지워냈을 터였다. 그러나 문제는 김은우에 대한 것이었다. 잊기 어려웠고, 담아두기는 괴로웠다.

김은우에 대한 내 감정이 어떤 것이었는지는 잘 모르겠다. 그녀가 무심코 던지는 말들 속에 드러나는 기호, 취향, 호불호의 대상에 대체로 나는 공감했고, 그러므로 대체로 우리는 죽이 잘 맞는 남녀였으며, 그녀의 시원시원한 이목구비와 단정한 몸매를 좋아했고, 시간이 갈수록 어쩌면 점점 더 좋아졌다고 말할 수 있다. 스포츠센터로 향할 시간이 다가올수록 미세한 긴장과 기분 좋은 흥분이 있었는데, 그 알 수 없는 감정의 대부분은 김은우를 본다는 데서 왔던 것 같다. 다만 그녀가 내게 보이는 유치한 장난과 여과 없는 말투를 헤아리기 어려웠을 뿐이다. 그러나 그게 그녀 식의 서툰 사랑 표현이라할지라도, 그 모든 추문을 다 이겨내고 그녀를 수용할 수 있을지는, 비겁하고 더럽게도 자신이 없었다.

그날 이후, 크게 보면 변함없이 미세한 긴장과 기분 좋은 흥분 속에 스포츠센터로 향했지만, 그 빛깔은 상당히 달라져 있었다고 말해야겠다. 우선은 그녀가 운동을 할 때 내가 주로 훔쳐보던 부분이 그녀의 움직임에 따라 아름답게 출렁거리던 가슴이 아니라 다리로 옮겨갔다. 석의 말대로 '피스톤 운동을 할 때 보였다 안 보였다 할 정도'의 위치라면 아주 깊숙한 곳은 아닐 것이고, 그녀가 조금 격렬하게 공을 쫓아 움직인다면 테니스 스커트 사이로 살짝 그 모습을 드러내 보일 것도 같았다. 그런 내 모습에 스스로 무참해하며, 그러나 멈추지 못하고, 내 시선은 운동하는 그녀의 다리 움직임을 집요하게 따라다녔다.

한번은 운동 마치고 나오는 그녀에게 "은우 씨 테니스 스커트 더 짧은 거 없어? 그렇게 애매하게 짧으면 오히려 보폭 크게 하기가 힘들지 않아?"라고 말했다. 그녀는 내 의중을 살피려는 듯 나를 한동안 응시하더니 "진심인 거야, 내 다리를 본격적으로 감상해보실 속셈이야, 뭐야? 뭐 큰 불편은 없지만 예쁜 치마 있나 찾아나 볼게. 오래 입긴 했어. 진심이든 아니든 기분은 나쁘지 않은걸? 내 다리가 좀 되는 건 사실이지"라며 웃어넘겼다.

'왜, 도대체 왜, 나는 그녀의 초승달에 목을 매는가?' 운동을 하고 돌아온 날이면 나는 나 자신을 미워하며, 잠자리에 누워 수도 없이 스스로에게 물어보았다.

확인해서 사실이 아니면, 그녀에게 정색을 하고 나에 대한 감정을 물어본 다음 사귀어보려고? 만약 사실이라면, 선량하고 과묵한 윤이 아니고 왜 하필 속물적이고 바람기가 있는 석이어야 하느냐고 따지기라도 하려고? 아니면, 인정하기 싫지만 나란 놈이 원래 변태적인 성적 취향을 가진 놈이어서? 그도 저도 아니면, 이미 적지 않은 나이에 그녀와의 애매한 감정 소모가 싫어져 그녀를 확실하게 미워할 수 있는 이유를 찾기 위해서? 그 모든 것을 다 떠나서 그러나 어떻게 그놈의 초승달을 확인한단 말인가…… 이런저런 궁리에 사로잡힌 밤이면 결국에는 나도, 그녀도, 석도, 스포츠센터도, 스쿼시도, 심지어 내 방 창 너머 도시를 밝히는 회뿌연 달도 다 미워졌다.

그러던 어느 밤, 운동을 마치고 찾은 단골 맥줏집에서 그녀가 없는 틈을 타, 이번엔 윤이 목소리를 낮추어 "석 대리 말대로 아주 기가 맥히더만, 잉크 색깔 초승달 말이야"라고 말해 우리 둘을 잠시 할 말 잃게 만들었다. 나는 빠르게 석의 표정을 살폈고, 그는 살짝 당황한 듯한 모습으로 "어…… 그랬구나, 드디어 윤 주임도 확인을 했어" 하더니 급히 잔을 들어 목을 축였다.

그 당황이, '순진한 놈으로 봤는데 너도 보통은 아니군' 하는 당황인지, '무슨 속셈으로 너까지 이 가소로운 거짓에 동참하는가' 하는 당황인지 짐작하기 어려웠다. 어쨌든 잠들기 전, 나의 고통스러운 궁리와 모색의 시간에 이젠 윤까지 가세하여 일터에서 다루는 플랫폼의 새로운 구성 원리보다도 더 복잡하고 구차하고 유치하기 짝이 없는 경우의 수를 만들어 냈다. 적당한 때를 봐서 나는 이제 그곳에서 그만 놓여나겠다. 경우의 수가 복잡해지자 어느 밤엔가 나는 그냥 도주를 택하는 것으로 비겁한 결론을 내렸다.

무더운 여름이었다. 그날 그녀는 어쩐 일인지 여성스러운 플레어 스커트 차림이었다.

우리 셋이 입을 모아 "김은우 선보러 가냐? 무슨 바람이 불었어?"라고 눈을 휘둥그레 뜨고 그녀를 살피자 "선은 무슨 개뿔? 나를 그렇게 오래 보고도 몰라요? 그냥 너무 더워서. 바지가 살갗에 닿는 것도 불쾌해"라고 답했고, 석이 "오우, 다리 이쁜데?"라고 하자 "물론. 다들 나 운동할 때 틈만 나면 훔쳐본 것 아니었어? 뭘 새삼스럽게……"라고 웃어넘겼다.

나는 이상한 짐승이 되어, '오늘이 때다'라고 생각하며 그녀 쪽은 쳐다보지도 않고 거듭 술잔을 비워냈다. 무슨 대화가 오갔는지도 잘 기억나지 않는다. 마침내 그녀가 화장실로 향했다. 마감 시간이 거의 다 되어 술집에 사람도 별로 남아 있지 않았다. 나는 잠시 짬을 두었다가 남자 화장실로 향하는 척하면서, 민첩하고도 조심스러운 동작으로 여자 화장실로 들어가 문을 걸어 잠갔다. 세면대와 거울이 있는 작은 공간이 있었고, 그녀가 변기가 놓인 더 안쪽 공간에서 옷매무새를 가다듬는 소리를 내었다. 취중에도 청각, 후각, 촉각과 시각 등 내 모든 감각이 극도로 예민해지는 느낌이었다.

"진현 씨, 이거 무슨 상황이야?"

밝고 털털한 그녀였지만 목소리를 낮추어 그녀가 나를 정면으로 쏘아보았다.

나는 대답 없이 그녀의 스커트 자락 안으로 빠르게 손을 넣어 무릎 옆에서부터 천천히 안으로 쓸어 올리며 무언가 이질적인 촉감을 탐색해 들어갔다. 그 와중에도 '혹시 왼쪽인가?' 하는 우습지도 않은 생각이 스쳐 지나갔다. 부지불식간에 일어난 일이라 얼떨떨해하며 얼어 있던 그녀는 내 손이 어느 지점 이상 전진해 들어가자 내 손목을 강하게 움켜쥐며 밀어내었다. 그러나 이미 속도가 붙어버린 경주마였다. 나는 애써 그녀와 눈을 안 맞추려 하면서 완력으로 그녀의 손을 뿌리치고는, 왼쪽 다리로 손을 뻗어 다시금 초승달을 찾아 들어갔다. 한여름이었으나 순간 공기가 얼어붙는 느낌이었고, 내 뒤통수 쪽의 머리칼을 움켜쥔 채 억지로 자신을 바라보게 한 그녀는 분노라기보다 슬픔에 가까운 눈빛으로 내게 뺨을 날렸다. 짧은 순간에도, 정신이 번쩍 든다기보다는 이미 늦었다는 느낌이었고 내겐 그 순간 확인만이 중요했다.

상큼하게 스매싱을 날리는 그녀를 보며 눈으로는 수도 없이 탐색했던 그 다리는 부드럽고도 탄력이 있었다. 그러나, 그 어떤 '야릇한 과속방지턱'도 없었다. 잉크빛인지, 먹빛인지, 절망의 빛인지 그건 모르겠으나 어쨌든 없·었·다. 아무것도 없었다. 그냥 너무도 안타까운 부드럽고 탄력 있는 살결이 있었다. 이제는 결코 내 것이 될 수 없는 빌어먹을 아름다움의 극치가 그냥 그곳에 놓여 있었다.

"미안해, 은우 씨. 취해서 그런 건 아니야."

"……"

"나중에 해명할 기회가 있을지 모르겠지만, 꼭 확인하고 싶은 게 좀 있었어."

"확인?"

"지금 말하고 싶지 않아, 다시 말하지만 미안하게 됐어."

"……"

"아니야, 실은 좀 취했어. 그냥 취해서 일어난 해프닝으로 생각해줘. 나갈까, 그만?"

"김진현 씨, 나 당신을 좋아했어. 나는 당연히 당신도 알고 있다고 생각했지."

"……"

"내가 원래 좀 서툴러. 친한 친구들이 늘 솔직함이 네 장점이자 함정이라고 할 만큼 지나치게 솔직하고."

"……"

"진현 씨, 나를 좋아해?"

"……"

그녀가 유치한 장난 대신 내게 정색을 하고 물어본다면 이렇게 이렇게 답해주리라 많은 답안을 연습했으나 아무 말도 떠오르지 않았다.

"하지만 이런 식은 좀 아니잖아? 나중에, 더 우아하고…… 그러니까 아름답게 벌어질지도 모를 일이었겠지만 말이야."

그녀가 문득 울먹이기 시작했다.

"그래. 나중에 얼마든지 예쁘게 나눌 일 아니었을까? 이런 식은 진짜 아니잖아? 이게 예뻐? 진현 씨, 당신은 이게 예뻐?"

그렇게, 그녀의 초승달은 없는 것으로 판명되었다. 아니 달이 있긴 했다. 평소엔 그녀가 저 예쁜 사슴 같은 눈을 숨기기 위해, 아무 남자에게나 주목을 받아 피곤해지기 싫어 커트머리를 하고 다니는구나 여겨질 만큼 선연한 보름달이고, 웃을 땐 청초한 반달 같던 그녀의 눈이 흘러내리는 눈물과 함께 일

그러진 초승달이 되어 있었다.

얼마 후 나는 스포츠센터를 그만두었고, 텅텅거리는 공 튀는 소리가 계속해서 귀에서 들려오는 이명 증상으로 병원 진료를 받고 있다. 증상이 잘 호전되지 않자 의사는 조심스레 정신과 치료와의 병행을 권유했고, 나는 "이 증상이 말끔히 나으면 내 청춘이 끝날 것 같아요, 선생님" 하는 이상한 말과 함께 스포츠센터 드나들듯 이비인후과를 드나들고 있다.

해도 달도 더는 보고 싶지 않아 두꺼운 암막커튼을 새로 해서 달았고, 모든 취미 생활을 버리고 새로운 플랫폼 개발에 힘을 보태어 오랜만에 밥값을 했다.

때때로, 뒤늦게, 그녀가 못 견디게 그리웠다.

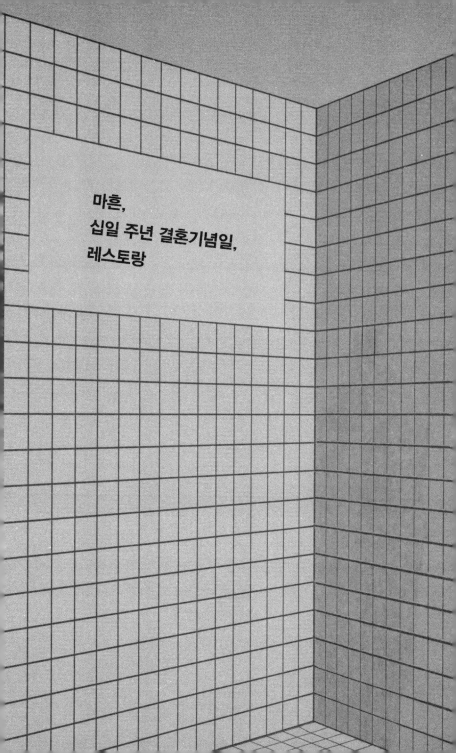

마흔,
십일 주년 결혼기념일,
레스토랑

— 늦었네. 제시간에 올 줄 알고 음식 미리 시켰는데 좀 식었어.

— 어, 미안. 나오려는데 급하게 마무리할 일이 내려왔어.

— 이런 날은 그냥 좀 무슨 날이다 밝히고 칼퇴근하면 안 되냐?

— 일 주년이나 십 주년이라면 또 모를까, 그냥 매년 돌아오는 결혼 기념일인데 무슨 핑계가 되니?

— 되고도 남지 그럼, 이렇게 이혼율 치솟는 세상에.

— 그건 그렇고 올해도 또 그냥 밥이야? 선물 같은 건 없고?

— 선물은 무슨, 생일도 아닌데. 뭐 정 받고 싶다면야 주고받아야지.

— 이 동넨 또 웬일이야?

— 결혼 전에 우리 자주 만나던 동네잖아. 상견례 끝난 다음에는 살짝살짝 모텔도 드나들고…… 아직도 있나 몰라, 이름이 뭐였지?

— 쟈스민. 촌스럽기도 하지.

— 그래, 맞아. 예전 기분 살려서 밥 먹고 한번 가보려고.

— 됐어. 밥값에, 모텔비에. 연애할 때도 아닌데. 주머닛돈이 쌈짓돈이지.

— 벌써 늙었어? 요즘 시큰둥한 거 같어, 그 방면으로.

— 뭐 늙은 것도 늙은 거고. 본질적인 회의에 빠졌어.

— 본질적인 회의라니?

— 몸을 섞는다는 게 말야, 좋은 말로 하나 되기 위한 거 아냐? 사랑하는 마음이 넘쳐 몸까지 합쳐지고 싶은 거. 그런데 결국 몸을 섞어서 감지되는 거라곤 홀로 분기탱천한 상대방 신체의 일부분, 그리고 그게 나에게 들어와 느껴지는 내 몸의 진동이랄까 희열 같은 것뿐이잖아. 몸을 합쳐봐도 상대방이 닿질 않으니 그게 다 뭐야? 일심동체, 이딴 건 원래 없었던 게 아닐까 싶은 거지.

— 자기가 좋으면 그게 우선이지 않겠어? 포르노 영화 같은 거 보면 서양 여자들이 '디퍼, 디퍼' 하면서 묘한 음성으로

신음을 흘리잖아. 자기가 좋고, 또 상대방도 좋아하는 게 간접적으로라도 감지되면 그게 아쉬운 대로 일심동체 아니겠어?

— 그 '디퍼'라는 것도 말야, 물론 좋으니까 더 좋자고, 쾌락의 끝장을 보자고 하는 소릴 수도 있지만, 내가 방금 말한 취지에서 보자면 극도의 외로움일 수도 있어. 더 깊이 해줘. 네가 느껴질 때까지 더 깊이 해줘. 나는 좋은데, 이렇게 좋은데, 그래도 너는 모르겠단 말야, 너의 몸과 너의 희열은 안 느껴진단 말이야…… 뭐 이런 절규랄까.

— 어? 남잔 좀 다른데.

— 뭐가?

— 뭐 자주 그런 건 아니지만, 특히 요즘 들어선 거의 잘 못 느끼지만, 우리가 한창 좋았을 땐 네가 느껴졌었거든. 뭐랄까, 표현이 좀 그런데…… 이러다가 잘려나가는 거 아닐까 싶을 정도로 네가 나를 확 삼키는 느낌, 뭐 그런 게 느껴질 때가 있는데, 난 그게 흔히 말하는 오르가슴이구나 생각했었지. 그래서 네가 그런 상태가 되는 날이면 뿌듯했었는데……

— 그래? 내가 그러면 너도 좋았어?

— 좋기도 하고 무섭기도 하고.

— 그럼, 내가 안 그럴 때는?

— 반대지 뭐야. 마누라 만족 못 시켰으니 찜찜하기도 하고, 무사해서 다행이다 싶기도 하고. 흐흐흐.

— 그렇게 말하니 더 괴롭잖아. 그럼 나만 너를 못 느꼈던 거야? 이거 정말 괴롭네. 괴롭고도 외롭네.

— 근데 말야, 아까 말한 그런 느낌이 내게 전혀 전해지지 않은 날에도 너는 좋았다 하더라. 뭐 이제는 좋았냐 안 좋았냐 묻지도 않지만, 옛날에 그런 거 막 물어보고 그럴 때 말이야.

— 당연한 거 아냐? 서로 좋아서 시작한 일이지만 어쨌든 나보다야 네가 더 애를 썼는데 좋았다 그래야지 그럼. 뭐…… 사회적 가면보단 낫잖아? 상사의 머리 스타일, 상사의 노래 솜씨, 상사의 새 옷에 대한 영혼 없는 찬사, 그런 것보다야 낫겠지.

— 애쓴다는 표현은 좀 그렇지만 아무튼 고맙군. 그런데 그럼 넌 뭐야? 그 상황이야말로 절대 고독이구면. 내가 전혀, 쪼금도 안 느껴지는 거야, 그럼?

— 이런 말 하면 너 분명 열 받을 텐데…… 요즘 와서 네가 조금은 느껴져, 다른 방향으로. 옛날보다 덜 단단하거든. 말 안 했었는데 사실 가끔 힘없이 미끄러져 나올까 봐 불안할 때도 있어.

— 안 물어볼 걸 그랬네. 산수유 환이라도 좀 사 먹을까?

— 아니, 그런 건 아니고…… 다만 좀 궁금해. 그냥 몸의 변화인가, 몸과 마음이 함께 일으킨 변화인가.

— 예리한데, 그러고 보니 나도 궁금해.

— 뭐야? 그냥 거짓말로라도 늙어서 그렇다, 마음은 아직도 불탄다, 그래주면 안 돼?

— 너는? 너는 불타니? 그렇게 물을 입장이 아니지. 갑자기 진짜 궁금해지네. 정말 뭐지? 몸이야, 마음이야, 둘 다야? 내 몸인데 나도 모르겠네.

— 바람이라는 거. 그게 그런 궁금증 때문에 생기는 일일지도 모르지. 내가 정말 다 됐나? 아니면 상대가 맨날 이 여자여서 그런 건가? 마음의 싫증이 있듯이, 몸의 싫증인가? 혹시 더 젊고 예쁜 애를 보면 다시 살아나려나? 뭐 이런 궁금증. 말하고 보니 슬퍼지네.

— 슬퍼진다는 건 그게 내 경우여도 이해한다는 소린가? 가여워하고 받아준다는 소린가?

— 지랄.

— 호호호.

— 받아줘? 그러길 바라?

— 응. 한 번만 가여워해줘. 그럴 열정이라도 남아 있으면 좋겠네.

— 난 사실 열정이 문제가 아니야. 그러니까 뭐랄까…… 내가 아닌 나를 너 말고 다른 사람한테 보여준다는 게 겁나. 그러니 이 여자가 혹시 바람나는 거 아닐까 걱정 안 해도 돼. 하긴, 너무 걱정 안 하는 것 같아 오히려 서글플 지경이지만.

— 그건 또 무슨 소리야?

— 섹스의 이중성이 나는 가끔은 싫어.

— 이중성이라니?

— 하다 보면 막 흥분해서 이성의 영역이 아닌 곳으로 가게 되고 몰입하게 되고…… 뭐 그런 게 좋기도 하지만, 어찌 보면 그게 섹스의 진정한 즐거움이겠지만, 내가 이성으로 통제할 수 있는 부분을 넘어선다는 것, '이게 과연 누구의 마음이지?' 싶은 내 내면의 목소리로 가끔 네게 무언가 간청을 하고, 또 내 교성도 내 목소리 아닌 것 같을 때가 있고……

— 그러려고 하는 거지. 배우도 아니고 평범한 우리 같은 사람들이 또 다른 나를 언제 만나겠어?

— 그런가? 난 그렇게 만나긴 싫은데.

— 몸 섞는 문제라는 게 참 묘한 것 같애. 어찌 보면 대소변 보는 일처럼 그저 배꼽까지 차오른 정액을 시원하게 내보내는 일, 그러니까 뭐 이런저런 얘기를 꺼낼 건덕지도 없는 저급한 욕망 같기도 하고. 또 어찌 보면 몸이 하는 일 중에

유일하게 뭔가 근원적이고 철학적인 냄새를 풍기는 일 같
기도 하고 말이야.

— 그러니까 여러 영화감독들이 다양한 이유와 다양한 색깔로 정
사신을 찍어대는 거겠지. 네 말대로 묘한 일이니까. 이야기 흐름
이랄 것도 없는, 그러니까 가슴만 큰 여자가 등장해서 계속 씩씩
거리는 영화에도 정사신이 나오고, 데이트할 때, 너는 실은 보기
힘들어했던 프랑스 예술 영화들에도 정사신이 나오고 말이야.

— 내가 사실 보기 힘들어한다는 거, 그러니까 너도 알았던
거구나?

— 그럼, 느낌이란 게 있는데…… 그래도 연애할 때 아니면 언제 보
랴 싶어서 모른 척했어.

— 여우 같으니…… 근데 말야, 말 나온 김에 좀 물어보고
싶은 게 있어.

— 뭔데?

— 여자들은 흔히 의사들이 얘기하는 배란 시기 같은 걸 굳
이 달력으로 확인 안 해도 느낌으로 안다며?

— 어디서 무슨 얘기를 들은 거야?

— 뭐, 그러니까 물기…… 말이야.

— 맞아. 그런 걸 보면 모든 생명이 물로부터 말미암은 게 맞는 것

같애. 태초에 물이 있었다, 뭐 그런 거. 어디서 무슨 얘기를 들었는지 모르지만, 배란기 무렵에 제일 촉촉해. 기분도 좀 이상해지고.

— 근데 말이야, 난 너무 축축하면 좀 별로던데. 너무 뻑뻑해도 뭔가 순탄치 않고 거부당하는 느낌이지만, 너무 축축해도 말이지, 질퍽한 땅 밟으며 행군하는 느낌이랄까, 수영 초보자가 물에서 허우적거리는 느낌이랄까, 뭔가 목표를 향해 돌진하는 느낌이 없고…… 그러니까 말이지, 한마디로 내가 상황을 주도하고 있다는 기분이 아니야.

— 무슨 말인지 알 것 같애.

— 잉태의 순간이 말이지, 지극한 쾌락과 병행하지 않는다는 게 나는 맘에 안 들어.

— 난 오히려 그 점이 맘에 드는걸. 물론 자식을 낳아 기르겠다는 무슨 거창한 사명이 있으셨다고 해도 좀 이상하지만, 난 어쩐지 내가 엄마 아빠의 욕망의 산물이라고, 단지 그뿐이라고 생각하는 건 좀 싫은데? 우리 애들도 마찬가지고. 너희들을 태어나게 해주고 싶었단다, 눈물 그렁그렁해가며 말하는 것도 웃기지만, 너와 나의 욕망이 만들어낸 결과물이라 생각하기도 싫어.

— 어쩐지 좀 비장하군. 네가 여자라서 그래.

— 그리고 주도라는 것도 웃기잖아. 누가 뭘 주도해? 게다가 잉태의 순간이라면 더더욱.

— 잉태를 위할 때가 아니면? 그땐 내가 주도해도 괜찮아?

— 주도라는 말 자체가 웃긴다니까 그러네. 끝끝내 확인하고 싶은 게 뭔데? 그러니까 남자들이 단순하단 소릴 듣는 거야. 정복해야 속이 시원하지.

— 그만해라. 드센 마누라랑 사는 바람에 나처럼 남성성, 정복, 주도…… 뭐 이런 것들이랑 거리를 두고 사는 놈도 없을 거다, 야.

— ……

— 물어보는 김에 하나만 더 묻자. 실은 예전부터 궁금했어. 물어보기 좀 그래서 안 물어봤을 뿐이지.

— 말해봐.

— 섹스 끝나고 그 분출의 결과물들이 어떻게 되냐? 그러니까 도로 나와?

— 응. 말이 좀 그렇지만 엑기스야 물론 남겠지. 한 이십 분? 늦어도 삼사십 분 안에는 다시 나와.

— 그럼 어떡해?

— 어떡하긴 뭘 어떡해, 대비를 하고 있어야지.

— 대비?

— 너는 아예 남 일이라 생각하고 관심 갖지 않았겠지만, 여자들 생리대에 여러 종류가 있어. 양이 적은 날 용, 양이 많은 날 용, 밤에 잘 때 쓰는 용…… 등등 해서 말이야. 그중에 가장 작고 얇은 걸 대고 있어. 별 얘길 다 하네.

— 아이구야.

— 왜?

— 찌릿찌릿하고 아름다운 일인 줄만 알았더니 사람을 꽤 번거롭게 하는 일이었네.

— 사는 게 다 그렇지 뭐.

— 그래, 생각해보니 이 일도 인생의 일부인데, 그냥 멋지기만 하면 반칙이긴 하다.

— ……

— 말 나온 김에 하는 소린데, 사실 나 결혼 무렵에 성욕 문제로 꽤 힘들었었어.

— 무슨 뜻이야?

— 남자든 여자든 결혼 앞두고 괜히 심란해지고 마지막으로 방황하고…… 뭐 다들 그런대잖아? 그런데 나는 그 방황이 다른 쪽으로 찾아왔어. 여자들은 잘 모르겠고, 남자들은 결혼 앞두고서 보통은, 정말 결혼하고 싶은 거 확실한가?

놀 만큼 놀고 자유를 누릴 만큼 누렸는가? 기꺼이 식구들 부양하고 기꺼이 구속될 준비가 되었는가? 뭐 이런 고민으로 힘들어한다고들 해. 그런데 나는 성욕이었어.

— 성욕 때문에 결혼하는 건 아닌가, 이 말이야?

— 그래, 맞아. 너랑 한창 친해지고 모텔도 살짝살짝 드나들고 정말 인생의 봄날 같은 때였어. 그런데 어느 날 핸드폰을 바꾸러 갔는데 말이야, 갓 스무 살이나 되었을까 하는 핸드폰 가게 아가씨가 새 기종을 내보이면서 이것저것 설명하는데 말이지, 의도한 건지 아닌 건지 모르겠지만, 깊게 패인 윗도리 사이로 가슴골이 보였어.

— 좋았겠네.

— 근데 말이야, 몸에 반응이 오는 거야. 지금 같으면야 뭐 막말로 고마울 일이고 대수롭지 않게 넘겼겠지만, 난 그때 너랑 한창 좋았을 때고, 정치적인 문제든, 사회적인 문제든, 실존적인 문제든 굉장히 날이 서 있고 스스로에게 엄준하려 애쓰던 때였으니까.

— 그래서?

— 무참하더라고. 이 여자를 사랑하는 것도 아닌데 이 반응은 뭔가? 그때 내가 연애 중인 게 아니었다면 그냥 젊은 날의 동물적 반응으로 넘겼겠지만 그것도 아니었잖아. 막 화가 나더라고. 이 여자에 대한 반응과 너에 대한 반응은 어

떻게 같고 또 다른가? 그렇다면 사랑은 결국 무언가? 그리고 나는 왜 결혼하려고 하는가? 맘 편히, 합법적으로, 또 실컷 성욕이나 풀려고 결혼하는 건 아닌가? 총체적으로 여러 질문이 한꺼번에 막 밀려왔어.

— 그러고 보니 상견례 마치고 거의 준약혼 상태가 되었을 때부터, 한 주에 한 번 정도는 너랑 잤던 것 같은데, 한동안은 네가 나를 피했던 기억이 나네. 나는 네 속도 모르고, 이 남자 벌써 식었나, 했었지.

— 뭐야? 졸지에 사람을 이상한 놈으로 만들었구만? 혼자서.

— 그래서? 어떻게 극복했는데?

— 극복이랄 것까진 없고. 그냥 어느 날 너랑 공원 나들이를 하는데, 네가 아이스크림을 사 들고 나한테 나풀나풀 걸어오고 있었어. 나는 순간, 그런 네가 쭈그렁 할매라면 어떨까 상상해봤지. 귀여울 것 같더라고. 성욕, 뭐 이런 거랑 상관없이 말이야. 그리고 다른 여자들에 대해 동물적으로 반응하는 문제는 그냥 내가 나를 긍정하기로 했어. 그 녀석이 깨어났다 잠들었다 하는 부분은 내 의지대로 안 되는 걸로 넘어가기로 한 거지. 그 녀석 일은 그 녀석이 알아서. 뭐, 요즘은 개도 게을러. 나를 당황시킬 일이 잘 없어.

— 말끔하네.

— 그런데 여자들도 설마, 혹시…… 그래? 아니겠지?

— 뭐가?

— 성욕 때문에 결혼하냐고.

— 글쎄. 뭐…… 자고 싶어 결혼한다, 그렇게 말하는 여자는 아직 못 봤어. 그런 쪽의 대화가 완전히 솔직할 수 없다는 걸 감안하고서 도 말이야. 남녀가 같을 순 없겠지. 그래도 상상이야 물론 해. '그 자'와 내가 침대에 오른 모습. 그림이 안 나오면 아무래도 사귀기 힘들지.

— 그림이 안 나온다고?

— 뭐…… 그림이 안 나온다는 말로밖에는 설명하기 힘들어. 아무 튼 가까이 지내고 싶고, 계속 만나고 싶고, 이야기 나누고 싶고, 하는 남자도 함께 벗고 누워 있는 것만큼은 도무지 상상하기 어 려운 케이스가 있단 뜻이야. 논리적으로 설명하기 어려워.

— 흔히 말하는 초식남 스타일이란 뜻이야?

— 스타일의 문제가 아니야. 내게 그렇게 느껴지면 그런 거지 뭐.

— 연애 경험 풍부한 것처럼 말한다, 너.

— 너는? 너도 나한테 얘기 안 한 거 많잖아? 다 알려고 하지 마.

— 나중에 둘 다 퇴직하고 집 안에 들어앉아서 두고두고 우 려먹자, 그런 얘기. 지금에야 어떻게든 줄여서 밝히려고 애 쓰겠지만, 그땐 내가 허풍 좀 섞어서 기막힌 스토리를 풀어

놔주지.

— 됐어. 이야기 속에 등장하는 할매들 하나하나 찾아가 째려보거
나 물바가지 퍼붓고 돌아올 것도 아니고.

— 흐흐흐.

— 그러고 보니 나도 고백할 게 있네.

— 뭐?

— 가끔 나 딴생각한다.

— 그러니까 우리…… 관계 중에 말야?

— 응.

— 야, 좀 심했다. 뭐 설거지 같은 거 하는 것도 아니고.

— 요즘엔 네가 슬슬 시동 거는 단계에서부터 감이 오거든. 오늘은
좀 느낄 날이구나, 아니구나 하는 게 말이야. 아닌 날이다 싶으면
안 그러고 싶어도 막 잡생각이 떠올라.

— 김새네.

— 생각을 해봐. 회사 일에, 양가 부모님 일에, 애들 일에, 집안일에,
내가 신경 쓸 게 좀 많니? 짬짬이 생각 정리해놔야지.

— 뭐? 짬짬이?

─ 아! 실수. 그 표현은 취소할게.

─ 야, 지금 표현이 문제가 아니야. 집중하고 우리 하는 일에
만 몰입하면 느낌이 올 수도 있잖아. 암만 우리가 오래된
파트너여도 그렇지, 안 좋은 날로 미리 단정 짓고 네 스스
로 그걸 노동으로 만들고 그러냐? 너 신경 쓸 일도 많고 사
는 게 힘들다며? 그럴 거면 차라리 쉬는 게 낫지, 늦은 밤
에까지 노동을 왜 해?

─ 괜히 얘기했네. 너 지금 화난 거야?

─ 그게 아니라, 한 번을 해도 제대로 해야지. 이젠 더더욱
양보단 질일 텐데.

─ 뭐 그 말은, 질은 보장한다, 그런 뜻?

─ 어감이 이상하다, 너? 남자들 그런 쪽으로 기죽이면 자존
심 상하는 거 몰라? 기를 살려줘도 모자랄 판에.

─ 알았어, 미안. 웃자고 하는 소리야.

─ 빈말로라도 이제 네가 신경 좀 써줘. 오늘 갑자기 이런 솔
직한 대화를 하는 바람에 네가 어떻게 얘기해도 백 프로 믿
지는 못하겠지만, 언제든 좋았다고 해주고 말야.

─ 쓸쓸해?

─ 그래, 좀 쓸쓸해. 힘도 없고, 기쁠 일도 별로 없고.

— ……

— 그런데 성욕이라는 게 결국 뭘까? 그 실체 말이야.

— 프로이트를 흔히 지나치게 성적인 맥락에서 모든 걸 바라본 학자로 생각하잖아? 그런데 정작 프로이트가 규정한 인간의 삼대 욕구에 성욕은 없어. 그가 생각한 삼대 욕구는 식욕, 수면욕, 배설욕이지. 그러니까 성욕은 배설욕에 포함된다고 본 거야.

— 그럼 여자는?

— 그래서 프로이트가 여성학자들에게 욕을 먹잖아. 여성의 욕구는 아예 무시한 분석이라고 말이야.

— 무시했다기보단 잘 몰랐겠지.

— 맞아. 프로이트가 그랬어. 여성의 욕망은 가려져 있다, 그랬던가, 어둠 속에 있다, 그랬던가. 아무튼 그런 맥락으로.

— 배설욕의 일종이라니까 좀 실망인걸. 사랑의 종착역이 배설이고, 그 배설의 결과로 잉태도 된다니.

— ……

— 근데 남자들끼리 얘기하다 보면 말이야, 정작 분출의 순간보다는 분출하기 직전의 팽팽함이랄까, 최대한 분출의 순간을 지연시키면서 활시위를 당기고 있는 것 같은 긴장을 즐기는 때 말이지, 그러니까 간단히 말하자면 분출 직전

의 순간이 좋다고들 해, 물론 나도 그렇고.

— 분출의 순간이란 시원함과 허탈함이 공존하기 때문에 그런 거 아닐까?

— 어쭈, 뭘 좀 아는데?

— 일요일보다는 토요일이 좋다?

— 그건 좀 너무 나갔고. 그런데 말이지, 그럼 여자는 뭘까? 배설욕은 아니고.

— 의학적으로는 흔히 질 내부에 '지스팟'이라는 부분이 성행위 도중에 자극을 받아 일어나는 쾌감이 오르가슴이라고 그러긴 하지.

— '그러긴 하지'는 또 뭐야? 네가 그렇게 느끼는 게 아니고?

— 잘 몰라. 아마 대부분의 여자들이 그럴걸? 애 만드느라, 그도 아니면 남편이 요구하니까 응했지 평생 섹스가 좋은 줄 모른 채 죽는다는 사람들도 있고. 또 좋긴 한데, 이 좋다는 느낌이 의학적으로 말하는 그 '지스팟'이라는 부분이 정말 자극받아 그런 건지, 제대로 자극받고 있긴 한 건지, 혹시 남들은 백만큼 좋은 걸 내가 잘못 느끼고 오십만큼만 좋은 건지…… 분출이든 분출 직전이든 남자들처럼 뭔가 분수령이 될 만한 순간이 없으니 평생 긴가민가하면서 사는 거지, 뭐.

— 네가 좋아하는 걸 내가 느낀다니까?

— 그렇담 다행이고.

— ……

— 아, 그리고 다른 오르가슴도 있어. '클리토리스 오르가슴'이라고, 클리토리스 부분을 자극해주는 게 더 좋다는 여자들도 있어.

— 클리토리스는 또 어디야?

— 그러니까 바깥 부분. 뭐 자세히 말하긴 좀 그렇고.

— 바깥 부분이라면 두 입술 사이쯤이겠구만, 뭘. 나도 알 건 알아.

— 그래. 거길 자극해주는 게 더 좋다는 사람도 있어.

— 그런 대화를 다 하니, 여자들은?

— 아니. 잡지사 기자들이 다 지어낸 꼭지일 수도 있지만, 머리하러 미장원 갔다가 여성 잡지 같은 데 보면 거의 끝부분쯤에 그런 얘기들 많이 나와.

— 그럼 너는?

— 글쎄, 나도 잘 모르겠어. 실은 대학생 시절 어느 날에 말야, 궁금하기도 하고, 또 뭐 한창 무르익은 나이니까, 뭔가 자극받고 싶기도 해서 처음으로 자위를 시도해본 적이 있어.

— 그래? 야, 우리가 십 년을 넘게 살고도 새로 듣는 얘기가

다 있네.

— 그런데 무언가 넣어보는 건 아무래도 겁나고 찜찜하고 해서, 클리토리스 오르가슴을 시도해본 적은 있지.

— 어떻게?

— 여자들 볼 터치할 때 쓰는 붓을 깨끗하게 헹궈서 살살 간질여보았어. 만약 느낌 있으면 아예 전용 붓으로 쓰려고.

— 하하하.

— 웃지 마, 얘기 안 한다?

— 그래서?

— 두어 번 하다가 관뒀어. 물론 뭔가 자극이 있었던 건 맞는데, 내 경우엔 그게 질 오르가슴만큼은 아니었는지 뭔가 아쉽고 안타깝고 아슬아슬한 마음만 들더라구. 괜히 얼굴만 벌게 가지고……

— 저런…… 그때 나는 허구한 날 그런 상태였는데, 내가 도와줄 수도 있었는데, 호호호.

— 놀리냐? 어쨌든, 언젠가 내 욕망이 완전히 채워질 날을 기약 없이 기다리면서 괜히 얼음이나 깨 먹고 안절부절못하고 있는 꼴이 싫어서 그만뒀어. 그리고 어차피 못 참겠다 싶을 정도로 그렇게 절실하거나 명확한 욕망도 아니었으니까.

— 그게 아마 남자들과의 결정적 차이겠지.

— 그래. 그리고 또 예민한 부위라 자꾸 자극하면 안 될 것 같기도 하고, 세균 감염 같은 것도 걱정되고.

— 이런 얘길 다 듣게 되네.

— 그냥 한 귀로 듣고 흘려. 말하고 보니 좀 너무 나간 것 같긴 하다.

— 아니야, 남자든 여자든 자기 욕망에 대해 알아보려 한다는 건 중요한 거겠지. 그게 어디서 왔으며, 또 어떻게 풀 수 있으며, 그게 나한테 어떤 의미가 있는지…… 그런 문제 말이야. 그런 점에서 너는 깨어 있었던 거군.

— 하지만 그렇다 해도 평생 뭔가 미심쩍은 느낌으로 살 것 같아. 물론 그런 문제가 내 행복을 좌우할 만큼 그렇게 중요하다고 생각하진 않지만, 어쨌든. 세상 어딘가에 사나흘에 한 번꼴로 완전 뿅 가는 여자가 살고 있는 건 아닌가 하는…… 뭐, 실체도 없는 질투랄까. 흐흐흐.

— 이거 완전 옹녀로구만. 여태 같이 살면서도 몰랐네 몰랐어.

— 이왕 사는 거 느낄 거 확실히 느끼며 살다 가면 좋지 뭘 그래? 아, 그러고 보니 억울한 게 또 있네.

— 뭔데?

— 완전 뿅 가는 여자들을 부러워하는 거야 뭐 타고난 거라고 치고

넘어가더라도, 우리나라 특유의 남들 따라 하는 문화, 또 상업적 의술 때문에 즐거움이 반감됐어. 그 문젠 진짜 좀 억울해.

— 무슨 소린데?

— 포경수술 말이야. 포경수술 때문에 '지스팟'을 자극해주는 과정에서 좀 여의치 않은 면이 있나 봐.

— 다들 하는 수술이잖아?

— 아니야. 얘기 들어보니까 포경수술을 해주는 게 좋은 성기 구조가 있고, 별로 의미 없는 성기 구조가 있대. 또, 수술이 필요한 구조라는 것도 해두는 게 좋다는 정도지, 지금처럼 매일 샤워하는 문화에서는 필수적인 수술이라고 말하긴 어렵대. 포경수술 비율이 거의 다른 나라랑 비교가 안 되게 압도적으로 높대잖아, 우리나라가. 뭐, 이래저래 한국 현대 여성만 불만족하게 생겼어.

— 아는 것도 많네.

— 진찬이 나중에 커서 수술시켜줄까 말까 하다가 찾아본 정보야, 이상하게 보기는.

— 며느리 욕구 불만까지 신경 쓰는 준비된 시어머니로구만.

— 놀리냐.

— 사실 남자들끼린 말이야, 좀 저질스런 얘기로, 야 우리가 괜히 애가 달아서 한번 줄래 말래 보채는 것처럼 그러지만,

사실 여자들이 더 좋아, 그런 얘기도 많이 해.

— 그게 뭐가 저질이야?

— 그 비유가 저질이거든. 들으면 빵 터질걸?

— ……

— 코 파면 손가락이 시원하냐, 코가 시원하냐?

— 진짜 못 들어주겠네, 크크크. 뭐 누가 더 좋은가, 까지는 잘 모르
겠고, 어쨌든 여자의 욕망이란 게 상당히 모호한 욕망인 것만은
사실인 것 같아. 그래서 그걸 드러내는 여자들의 표현도 무척 다
양하지. 롤러코스터나 바이킹을 타는 느낌이라는 둥, 구름 위를
걷는 느낌이라는 둥, 낭떠러지에서 떨어지는 것 같다는 둥, 하는
식으로 말이야.

— 뭐야? 남자들의 욕망만 배설 차원이고, 그건 뭔가 예술적
체험 같잖아? 이거 억울한데?

— 억울하면 어쩔건데?

— 불가능하겠지만 한번 느껴보고 싶다, 야. 여자의 몸으로
남자를 받아들이는 느낌이 어떨지.

— 모든 올드미스들의 소망이기도 해.

— 호호호.

— 나는 실은…… 그러니까 여러 놀이가 더 좋아, 시간이 갈수록.

— 놀이?

— 그래. 말하자면 손이랑 입이랑 혀를 이용한 어른들의 놀이랄까.

— 왜? 삽입은 너무 동물적이라서? 사람은 뭐 동물 아닌가.

— 아니. 동물이란 걸 인정하기 싫다는 게 아니라 그냥 감각적으로
  그런 게 더 좋단 얘기야, 어쩌면 점점 더.

— 다행이구만.

— 뭐가?

— 늙어서도 너를 즐겁게 해줄 방법이 있단 소리니까.

— 칫! 퍽이나 감동적이다.

— 감동은 나중에 그것밖에 할 수 없을 때 느끼고…… 어쨌
  든 접수했어. 앞으로 열심히, 힘닿는 데까지 씹고 뜯고 맛
  보고 즐겨줄게. 흐흐.

— 뭐야? 안 되지. 내가 뭐 갈빈가? 그러니까 어떻게 되냐? 만지고,
  빨고…… 맛보고 핥아야지. 이건 뭐 말하고 보니 야한 말들의 종합
  선물세트로구만.

— 하하하.

— 난 말야, 사람들이 가끔 누군가에게 무조건적이고 속물적인 아

부를 떠는 걸 속된 말로 빨아준다고 그러잖아? 그 말이 너무 싫어.

— 왜?

— 넌 남자라서 몰라. 젖 먹는 애기가 젖 빨면서 엄마를 쳐다보는 표정이 어떤지. 자기 배가 채워지는 행복감, 또 내가 무언가 힘차게 입을 움직여 해낼 수 있는 일이 있다는 성취감이랄까, 그리고 내 배를 채워주는 사람에 대한 무한한 신뢰 같은 게 다 녹아 있는 표정이야. 물론 나도 무한한 사랑의 눈으로 그 녀석들을 봤겠지. '난 네가 정말 좋아', '나를 믿고 따라와, 내가 지켜줄게'…… 뭐 그런 눈. 그렇게 아름다운 교감 놀이가 사랑하는 어른들의 놀이도 될 수 있다는 게 얼마나 멋진 일이니? 그러니까 너는 그런 말 쓰지 마.

— 내가 듣는 어감으로는 그 말이 다른 부위에 대한 것 같은데? 우리 문화에서 아직은 여자한테 그렇게 무조건적인 아첨을 할 일이 흔하진 않잖아?

— 그래? 그렇다면 더 쓰지 마, 무슨 부위가 됐든.

— 알았어. 말은 안 하고 행동만 할게. 호호호.

— 오랜만에 너랑 별 얘기를 다 하네, 근데 생각보다는 시원하고 유쾌했어.

— 시간이 흐를수록 말이야, 참 솔직한 욕구 같긴 해. 변호사

로 일하면서 정말 더러울 정도의 물욕이나 노골적인 명예욕에 휩싸인 인간들을 많이 접하게 되면 될수록 말이야. 근데 참 웃기지? 이제야 내 욕구를 긍정하게 되었는데, 이젠 그 욕구 자체가 희미해지고 말았으니 말이지.

— 인생의 역설이랑 결국 같은 거지, 뭐. 시간이 남아돌면 돈이 없고, 돈이 많으면 시간이 없고, 또 돈도 어느 정도 모이고 시간 여유도 생기면 정작 기력이 딸리고.

— 그래, 맞아. 그래도 어쩐지 이 문제는 순리에 따르기 싫은 걸? 그러니까 할 수 있는 한 최대한 지연시키고 싶어진다고. 남자들이 쓸데없이 목숨 거는 부분이기도 하잖아.

— 뭐 어떻게?

— 파란 알약 같은 약물이야 아직은 좀 그렇지만, 부추니 굴이니 장어니 하는 것들은 부지런히 챙겨 먹고 싶은데?

— 아서라, 제발. 순리대로 살자, 우리.

— 하긴…… 네 말대로 시간 남아돌면 돈이 없고, 돈 있으면 시간이 없고, 또 돈도 있고 시간도 있으면 기력이 딸리는 이 기막힌 인생에서, 사그라들어야 할 것이 지 혼자 팔팔하게 남아 있으면 그것도 슬픔에다 부조화에다 억지겠다, 맞아.

— ……

— 그런 의미에서 오늘이 딱이네.

— 그건 또 뭔 소리야?

— 돈도 있고, 기력도 아직은 있고, 어머니께 애들 부탁하고
나왔으니 한시적이나마 오늘까진 시간도 있고.

— 안 땡겨. 입으로 다 풀었어. 서비스할 생각 있으면 오랜만에 한강
야경이나 좀 보여줘. 뭘 하느라 그렇게 바빴는지, 뭐 딱히 바빴다
는 느낌도 없는데, 여유롭게 한강 야경 같은 것도 못 보고 살았네.

— 고수부지 으슥한 곳에 선팅 진하게 하고 주차된 차들 보
면 아마 마음이 또 달라질걸?

— 글쎄. 그건 내 마음한테 맡기고. 가보기나 해.

— 좋아, 뜬금없지만, 나랑 십일 주년 된 거 축하해.

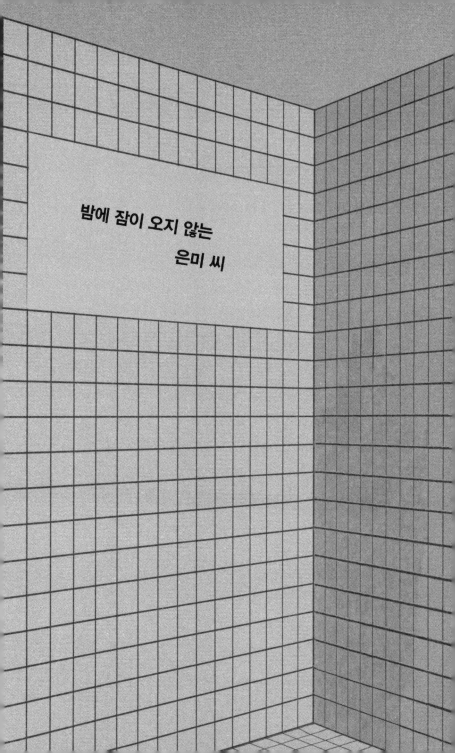

밤에 잠이 오지 않는

은미 씨

한은미 씨는 요즘 자주, 밤에 잠이 오지 않는다.

엊그제 친하게 지내는 동료 기간제 교사로부터 "쌤도 혹시 이번 명절에 교장, 교감 선생님 선물 준비하셨어요? 기간제 교사 단톡방에 들어가 보니 이런저런 얘기들이 많던데, 뭐 대체로는 아직도 우리가 그런 거 신경 써야 하나, 다 같이 하지 맙시다…… 그런 분위기의 글들이긴 했지만요, 저는 우리 학교에 이런 문제 편하게 털어놓을 분도 안 계시고, 그냥 쌤한테만 살짝 물어보는 거예요. '얼마나 자기 능력에 자신감이 없으면 그럴까, 못났다 못났어, 시대가 어느 시댄데 그런 걸 다 챙겨?' 하고 넘겨버리긴 했는데, 사실 좀 신경이 쓰이긴 하네요"라는 말을 들었다. 은미 씨는 그런 생각조차 해보지 않았다. 그렇게 보아서인지, 그 며칠, 교장이 다른 기간제 교사들에게만 친절한 미소를 보내는 것 같고, 은미 씨는 나잇값도 못하는 센스 없는 아줌마로 보는 것 같기도 했다. '뒤늦게라도 움직여야 하는가' '한 번도 해본 적 없는데, 그렇다면 어떤 품목을 어떤 가격대로 산단 말인가' '그리고 또 이 문제를 과연 누구에게 상의할 수 있을까……' 생각하기 시작하면 잠이 오지 않는다.

명절이 지나면 완연한 가을이 온다.

찬바람이 불면 또 은미 씨는 잠이 오지 않는다.

기간제 보건교사는 대체로 육아휴직이나 부모 간병휴직에 들어간 기혼 여성들의 공백을 메워주는 자리이다. 이 년간 충분히 아이 키우고 나오겠다 해놓고, 육아 스트레스에 지쳤는지, 집 안에만 있기 갑갑해졌는지, 찬바람 불면 갑자기 마음이 변해 학기 중에 복직하려 드는 얌체 같은 정교사들이 있다. 뭐 꼭 돈 문제가 아닐 수도 있고 개인적인 문제나 집안 문제가 다 있을 것이다. 그래도 얄미운 생각이 드는 게 사실이고, 자신의 위상과 처지에 대해 새삼스럽게 자괴감이 드는 것도 사실이다. 삼 개월짜리 출산휴가 공백 자리도 구하기 쉽지 않은 11월 초 같은 때에 갑자기 복직 통지를 해오면, 은미 씨는 때때로 욕지기가 치민다.

한은미 씨. 흔한 이름이라 자기 이름을 누군가에게 각인시킬 필요가 있을 때면, 늘 "숨어 있는 아름다움, 영어로 하자면 '히든 뷰티'라는 뜻입니다. 멋진 이름인데, 사실은 아름다움이 숨어 있어서 잘 안 보인다는 게 문제죠"라고 말하곤 한다. 가령, 어색한 자리 같은 곳에서 분위기를 어떻게든 풀고 싶을 때. 실은 그런 식의 너스레는 은미 씨와는 어울리지 않는다. 용기가 좀 필요하다.

아무려나 숨은 아름다움을 간직한 쉰하나의 기간제 보건 교사.

낮밤 없이 3교대로 돌아가는 병원 근무가 육아에는 도저히 맞지가 않아 스물넷부터 스물일곱까지의 짧은 간호사 경력을 끝으로 사회생활을 접고, 서른여덟, 작은아이가 초등학교 이학년에 올라가고 친정어머니가 집 근처로 이사를 한 이후부터 시작한 일. 정교사는 아니었지만, 이런저런 인맥이 생기고 업무 능력에서 인정도 받으면서 석 달 이상 쉬어본 적 없이 십사 년째 달려오고 있는 일.

부지런하고 똑똑하고 일손이 빠르고 노련한 은미 씨지만, 천성이 무척 내성적이고, 입에 발린 칭찬이나 아부도 잘 못하고, 융통성 없이, 특히 조금이라도 꺼림직한 느낌이 있으면 절대 기웃거리지 않고 모든 일을 곧이곧대로 처리하기에 윗사람의 사랑을 받지는 못한다. 그저 순종적인 편이라, 그리고 아이가 다 자라 학교 일로 늦게까지 남아야 할 일이 있을 때 별로 난처해하는 기색 없이 잘 남아 있는 편이라, 마땅한 카드가 없다면 은미 씨에게 기회가 올 뿐이다.

이제는 좀 융통성을 발휘하며 살아야 하나, 은미 씨는 생각해보기도 한다.

K라는 브랜드의 진통제는 진통제 가운데서도 청소년이 복용하기에는 용량이 좀 과하고, 언론에서도 그 위험성을 보도할 정도로 오남용의 소지가 있어서 언제부터인가 학교에서는 잘 쓰지 않는 약이다. 한번은 교장이 자기는 일평생 그 브랜드의 진통제만 먹어왔다며, 왜 없느냐, 그냥 좀 달라고 약간 짜증이 난 어투로 말했다. 일일이 설명을 드렸으나 상당히 듣기 피곤하다는 표정이었다. '기간제 교사면 좀 알아서 기면 안 되나? 그렇게 원칙이 중요하면 그냥 네 돈으로라도 사봐. 몇 푼이나 한다고……' 그런 얼굴로도 읽혔는데, 물론 은미 씨의 과민반응일 것이다. 그러면 또 어김없이 빌어먹을 불면증이 찾아온다.

그날따라 쓸데없어 보이는 공문도 너무 많이 내려오고 컨디션도 좋지 않아, 늘 배 아프다고 오는 보건실 단골 방문 학생들 몇몇을, 물론 딱 봐도 엄살 같아 보이기도 해서, "여기가 너희들 놀이터냐?" 소리를 빽 지르고 그냥 돌려보냈는데, 급히 장이라도 꼬였을까, 정말 괜찮은 것일까, 뒤늦게 걱정이 되기 시작해도 은미 씨는 잠을 이룰 수 없다.

달라고 하면 내 돈으로라도 사서 드리고, 배 아프다고 하면 그냥 약을 줘서 보내고…… 하나하나 깊이 판단하려 하지 말고 조금은 무감각하게 지냈으면 좋겠다. 이제는 은미 씨 자신도 그렇게 생각하고 있다.

매번 생리할 때마다 "선생님, 미리미리 챙겨놓는다는 걸 또 깜빡했네요" 하며 무슨 편의점 드나들 듯 생리대를 받으러 오는 학생이 있었다. 어느 날 은미 씨는 좀 얄미운 생각이 들어, 그리고 교육적 차원에서도 이건 좀 아니다 싶어 "청소년기엔 생리주기가 원래 들쭉날쭉한 거야. 갑자기 난처한 상황이 생길 수 있으니 늘 한두 개씩 가지고 다녀. 그리고 별건 아니지만 그래도 학교 물건인데, 이용할 기회가 공평하게 가야 하지 않겠어? 이번엔 그냥 친구한테 빌려라. 그럴 친구 한 명 정도도 없는 건 아니겠지?" 하고 돌려보냈다. 그 얼마 후 '저소득층 청소년들이 생리대 가격으로 고통 받는다, 생리대를 못 사서 신발 깔창을 빨아서 그 대용으로 사용하는 사례도 있다'는 보도가 있었고, '그 학생도 실은 정말로 형편이 어려운 아이가 아니었을까……' 생각하면 또 괴로워지고 뒤척여진다.

그러나 이제는 어느 정도 은미 씨의 친구가 되었다, 불면증이.

몇 해 전, 대형 선박사고가 났을 때, 은미 씨는 두 달 정도 거의 매일 악몽을 꾸고 깊은 잠을 십 분도 채 이룰 수 없어 한동안 병원 치료를 받았다. 지금도 가끔 학급 체험활동을 나갔다가 해변가 공놀이 중에 어느 학생이 파도에 휩쓸렸다거나,

수능 시험 끝난 학생들이 스트레스를 풀러 펜션에 놀러 갔다가 유독가스에 노출되었다거나, 리조트에 딸린 강당으로 활용되는 간이 건물 지붕이 눈의 무게를 이기지 못하고 내려앉아 학생들 다수가 죽거나 다쳤다거나…… 선박사고 정도의 규모는 아니어도 어쨌든 학교를 끼고 어떤 불의의 사건 사고가 생기면 은미 씨는 잠을 잘 수 없다. 그러면 화재, 유독가스 흡입, 물놀이, 골절 등등 상황별 응급 대처 매뉴얼을 꺼내 다시 한 번 숙지한 다음, 미지근한 우유를 마시고 가부좌를 틀고 앉아 호흡을 가다듬는다. 그러나 겨우 잠이 든다 해도, 보고 들은 사건 사고와 관련된 악몽이 어김없이 은미 씨를 찾아온다. 가장 힘든 것은 불에 타다 만 시체, 물에 퉁퉁 불어버린 시체의 환영이다. 눈부신 십대들의 죽은 몸이라 더욱 바라보기 어렵다. 이제는 꿈이 진행되어 가면 '그렇게 애를 썼는데 또 내가 꿈을 꾸는구나', 눈치채는 경우도 많아졌다. 물론 눈치를 챈다 해도 힘은 든다. 마주 볼 수 없다.

기간제 교사는 어쩔 수 없는 약자다. 나이를 먹었기 때문에 더 그런 느낌인지도 모르겠다고 은미 씨는 생각한다. 어느 날 교장이 얼굴을 잔뜩 찌푸린 채 어깨를 빙빙 돌리면서 보건실 문을 밀고 들어섰다. 그러면서 "한 선생, 어깨가 뭉쳐서 그런데, 좋은 파스 하나 있으면 좀 주세요. 그리고 조금 아래쪽 어깨라 팔 뻗기가 애매해서 그런데, 많이 안 바쁘면 좀 붙여도

주면 좋겠네요" 했다. 그래서 '뭐 그 정도야' 생각하고 붙여
드렸는데, "파스 이따위 약효나 있을라나 몰라. 이런 게 말로
만 듣던 오십견인지 요새 어깨가 아파 아주 죽었어. 한 선생
안마 좀 할 줄 알아요?" 그랬다. 잠시 생각이 복잡해지긴 했
지만 '그래, 환자라 생각하자, 치료라고 생각하자, 내가 무슨
이십대 미혼의 매력적인 여자도 아니고······' 하며 마음을 정
리하고, 은미 씨 스스로 절대로 부드럽다는 느낌이 들지 않게
하려고 애쓰며 꽉꽉 손아귀에 힘을 주면서 어깨를 주물러드
렸다.

그래놓고는, 그냥 잊으면 그만이지, 은미 씨는 또 뒤척인
다. "어휴, 시원해라, 전문가 손길이라 확실히 다르구만. 예,
예, 그쪽 그쪽······" 하면서 은은한 웃음을 흘린 채 눈을 감
고 있던 교장의 낯짝을 계속 떠올리며 잠을 이루지 못한다.

영 기분이 좋지 않아 그 며칠 후 "한 선생이 너무 시원하
게 잘 주물러주길래, 어느 정도 풀리는 것 같아 바쁘신 줄 알
면서 또 왔어요" 하며 들어서는 교장을 향해 "아시다시피 독
감 유행 건으로 처리할 공문이 잔뜩이라 오늘은 못해드려요,
죄송해요" 하며 돌려보낸 적이 있었다. 그리고 며칠 후엔 마
침 축구하다가 무릎이 까진 학생을 치료 중이어서, 그 핑계를
대고 또 돌려보냈다. 일부러 꼼꼼히 소독하고, 소독한 부위를
천천히 말리고 하면서. 교장도 무언가 느낌이 있었는지 다시
는 안마를 볼일로 방문하지는 않았다.

자신의 용기 혹은 임기응변, 혹은 교장의 눈치에 안도하며 '잘되었구나' 생각하면 될 걸, 그래놓고는 또 은미 씨는 잠이 오지 않는다.

'이제 이 학교와는 끝인가? 악의적인 교장이라면 아주 빡빡하고 불친절한 기간제 교사라고 인근 학교에 쫙 소문을 내겠지? 썩을 놈, 자기 모습이나 제대로 좀 성찰할 것이지…… 아니야, 나이도 먹을 만큼 먹었으면서 그게 뭐라고 그냥 주물러드리면 그만이지 난 또 왜 이 모양일까? 교장은 지금 나에 대해 무슨 생각을 하고 있을까?' 소심하고 생각이 많은 은미 씨는 이래도 저래도 괴롭다.

아무래도 대인관계에 문제가 있다, 은미 씨는 요즘 그렇게 생각하고 있다.

'그래, 복잡하게 생각할 것 없이, 내가 문제야.' 그렇게 마음먹고 나면 조금은 잠들기가 수월해진다.

보건실을 무슨 사랑방처럼 생각하고, 볼일도 없이 와서는 다른 동료 교사들의 흉을 보다가 사라지는 선생들이 있다. 갈수록 학교에 일이 많아지는 느낌이라 조금은 줄어든 것도 같지만, 학교 전체의 업무량이 늘어나는 것과는 무관하게, 어떻게들 일 많은 자리를 요령껏 피해가는지, 여전히 상대해주기 난감한 무리들이 있다. 은미 씨는 입장이 애매하니, 기간제 교사라는 위치도 있고, 대인관계가 넓지 않아 그 무리들이 흉

보는 사람에 대해 대체로는 별 느낌이 없고, 수업 배분이나 업무 배분 등 학교의 핵심 업무와는 조금 떨어져 있는 편이라 잘 모르는 주제이기도 하여, 적극적으로 맞장구치지는 못한 채 미소를 보내며 듣고만 있는 편이다. 가끔, 미소만 짓고 커피나 끓여서 드리는 은미 씨를 향해 "은미 쌤도 교무부장 그 양반 진짜 밥맛이지, 응?" 하며 반응을 유도하는 사람들이 있는데, 그러면 은미 씨는 마지못해 "호감은 아니시죠" 하고 만다.

때때로 도서실이나 상담실 등 학교 내의 또 다른 사랑방에서 자신의 흉이 오가고 있는 건 아닌가 생각하면 은미 씨는 또 잠이 오질 않는다.

"보건 선생 한은미 있지? 교무부장 편인 건지 어떤 건지, 내가 그 선생 욕을 해도 맹추같이 그냥 웃고만 있고 말이야. 내가 장소를 잘못 골라 멋도 모르고 막 떠들어댄 건 아닌가 자꾸 찜찜해. 하긴 늙은 기간제니까 어떻게든 적을 안 만들려고 하겠지. 어쨌든 당최 속을 알 수 없는 의뭉스러운 여자야." 불면증에 힘들어하며 눈만 감고 있는 은미 씨의 머릿속을 오가는, 은미 씨 상상 속의 악의적인 대화들이 있다.

'그래, 남의 입방아에 오르내리는 게 그토록 신경 쓰이면, 내가 할 수 있는 한 모든 이에게 친절하자', 은미 씨는 그렇게 마음먹었다. 하여, 전체 교직원이 모여야 하는 자리에 간혹 간식이라도 준비할 일이 있을 때면 간식을 집어가기 쉽게 가지런히 세팅해둔다거나, 아니면 종류별로 접시에 담아 직접 나누어드린다거나 하는 작업을 도왔다. 시청각실이 보건실에서 가깝기도 했고, 학생들 귀가 후에 있는 일이라 특별한 공문 처리만 없다면 시간도 나고 해서였다. 처음엔 실무사라 칭하는 업무보조 행정직원들이 그런 작업을 할 때만 도왔다가, 무슨 거창한 약자들의 연대도 아니고 아무려면 어떠랴 싶어, 담당 부서 교사들이 나설 때도 도왔다.

그러다 문득 이 역시 과한가, '저 여자가 왜 괜히 나댈까, 소극적인 여잔 줄 알았더니 누구한테 잘 보이려고 저러나……' 생각하는 사람도 있지 않을까, 신경 쓰이기 시작했다. 걱정거리, 까진 아니어서 그저 살짝 뒤척이는 수준의 불면의 밤을 보낸 후 은미 씨는 더는 도우려 나서지 않았다.

'좀 뻔뻔해지자', 마음먹었다가, '아니다, 이건 수줍음도 순수함도, 그 어떤 장점도 아니다. 그냥 부디 조금씩이라도 나아지자', 은미 씨는 다시 마음을 다잡았다.

기간제 교사 생활이 벌써 십사 년째.

'이제는 학교 내에서의 내 위상과 입지에 대해 제발 좀 예민하게 굴지 말자', 은미 씨는 자주 다짐하곤 한다. 그래도 늘 쉽지 않다.

은미 씨가 주로 근무한 곳은 중학교여서 가끔 시험이 끝난 직후나 긴 연휴를 앞두고 학급별 행사로 교내 뒤뜰야영 같은 프로그램이 잦았다. 그러면 교장이나 교감이 찾아와서는,

"학교 입장에서야 안전사고 위험도 있고 하니, 한 선생이 보건실 침대에서 잠깐씩 눈 붙이면서 아예 1박 2일로 당직을 서주면 정말 든든하고 고맙지요. 그런데, 입장 바꿔 생각해보면 내가 판단해도 그건 좀 무리고요, 한 선생 애들도 다 컸을 텐데 시간 괜찮으시면 한 열시까지만 남아서, 학생들 별 문제 없는지 살펴주시면 좋겠어요" 하고 간다.

그러면 은미 씨는 또 속으로 '애들 다 커서, 가 아니라 내가 기간제 교사라 만만해서 그러겠지' 생각하며 씁쓸해하다가 '또, 또 그놈의 예민함에다가 자격지심이로군' 하며 머리를 절레절레 내젓곤 한다. 그래놓고는 또 '이왕 돕는 것 제대로 하자' 하면서 교장이나 교감이 부탁한 열시가 아니라 은미 씨 집으로 향하는 마지막 지하철이 출발하기 십오 분 전인 열한시 십분까지 학생들을 살피다가 귀가한다. 피곤해서이기도 하겠지만, 은미 씨 자신의 자격지심, 아무것도 아니라는 듯 편하게 부탁하는 교감의 말투, 그 모든 것이 다 거슬려 또 잠이 안 온다. 밤늦게 남자 중학생 특유의 호기심이나 식욕으로 자지 않고 장난을 치다가, 혹은 야식을 만들어 먹으려다가, 하필 은미 씨가 귀가한 이후에 크게 다치는 상상이라도 하게 되면 더더욱.

전체 교직원 회의나 연수, 워크숍 자리 같은 아무것도 아닌 일상에 대처하는 일도 은미 씨에게는 어려운 숙제처럼 여겨진다.

그런 전체 모임이 있을 때면 대체로는 부서별로 자리에 앉게 되는데, 은미 씨가 소속된 체육안전부는 남교사들이 대다수여서, 은미 씨는 어쩐지 어색하고 불편한 마음이다. 비교적 오랜 시간 연수라도 받게 되는 경우엔 더욱 그렇다. 때문에 회의 자리가 있으면 비교적 가까운 동료 기간제 교사 옆에, 무언가 양해를 구하는 듯한 가벼운 목례를 하고 앉게 된다. 이 또한 은미 씨의 과민 반응이겠지만, 같은 부서 동료들과 무언가 흥미 있는 대화를 나누다가, 마찬가지로 가벼운 목례로 은미 씨를 맞이하는 그 여교사를 보며, '속으로 내가 다른 데 앉아주었으면 좋겠다고 생각하는 건 아니겠지', 걱정한다. 느낌 탓이겠지만, 그저 그 순간 대화가 마무리된 것뿐이겠지만, 은미 씨가 앉으면 문득 테이블이 조용해지는 것 같기도 했다. '나이 오십에 이 무슨 개 같은 신경증인가', 스스로에게 짜증이 나서, 그러나 결코 쉽게 달라질 수 없으리라는 더럽고 무거운 느낌에, 은미 씨는 잠을 이룰 수 없다.

빨리 대처해주셔서 고맙다고, 혹은 꼼꼼히 치료를 잘 받았다고, 혹은 학교안전공제회를 통해서 치료비를 지원받는 것에 대해 잘 안내해주시고 처리해주셔서 고맙다고, 어쩌다 학부모로부터 간단한 선물을 받는 경우가 있다. 어느 날 한 어머니로부터 꽤 좋아 보이는 선크림을 선물로 받았는데, 소심한 은미 씨는 은미 씨답게도, 인터넷으로 그 물건에 대해 가격 조회를 해보았다. 삼만팔천 원이었다. '돌려드려야 하나,

삼만 원도 넘는데⋯⋯' 생각하다가, 가격 조회나 하고 있는 자신의 모습이며, 돌려드릴까 고민하는 그 극도의 조심성에 은미 씨는 피식 웃고 만다. 그래도, 그 정도 일로도, 어김없이 숙면은 물 건너간 일이다.

동료 교사의 애경사가 있으면, 물론 학교 상조회를 통해 일괄적으로 일정한 회비를 공제하여 축하금이나 위로금을 전달하지만, 따로 조금씩 부서별로 부조금을 걷어 전달하는 것이 통상적이었다. 그런데 월급도 적고 그 학교에서의 계약 기간도 장기간 보장되지 않은 은미 씨를 배려하느라 그러는지, 보통은 은미 씨 모르게, 은미 씨를 빼고 돈 걷는 일을 진행하는 것 같았다. 살짝 쓸쓸하기도 하지만 은미 씨는 대체로 고마운 배려라고 여기는 편이었다. 계약 기간도 계약 기간이지만 대인관계가 넓지 않아, 애경사를 치르는 동료와 거의 교류가 없는 경우가 많았으니까.

그렇지만 가령, 교장이나 교감, 그리고 자신의 업무에 대해 직접 평가를 내리는 체육안전부 부장의 애경사에 자신이 부조금을 보태지 않았을 때는 밤에 잠이 오지 않는다.

은미 씨의 타고난 내성성과 남의 시선을 늘 의식하고 살아가는 소심함으로는 새삼스럽게 "이번엔 저도 참여할게요" 하기도 어렵고, 그렇다고 은미 씨가 옷을 갖추어 입고 그런 애경사에 얼굴을 내밀고 따로 봉투를 준비해서 전달한다는 것은 더욱 어렵다. 그저 속 깊은 동료가 있어 "이번 건은 보건

쌤도 참여하시고 싶어 할 것 같아서 찾아왔어요. 얼마 얼마 걷기로 했어요" 해주기를 바랄 뿐이다. 그러나 하루하루 바쁘게 살아내고, 자기 자신의 적절한 처신에 신경 쓰기도 벅찬 동료들에게 그 정도를 기대하는 건 너무 과한 욕심이라는 걸 은미 씨도 안다.

그래서, 그저 밤에 자리에 누워 하릴없이 뒤척일 뿐이다. '요즘 비혼을 내세우는 젊은이들도 많다더니, 이놈의 교장, 교감들은 집에서 자기 자식들을 학생 볶듯이 들볶나? 결혼도 잘들 하는구만……' 쓸쓸하게 웃으면서.

요즘 은미 씨의 고민은 나이 문제다.

쉰하나. 여교사이니까 실은 정교사라 해도 대략 육칠 년 이내에 명예 퇴직해야지, 마음먹을 때다. 은미 씨는 대체로 이전에 근무했던 학교의 교장이 추천했다거나, 아니면 같이 근무했던 교감이 새 학교로 교장 승진 발령을 받아 가면서 기간제 교사 자리가 나면 직접 연락을 준다거나, 어쨌든 인맥을 통해 사전에 거의 결정되어서 가는 형태로 채용되었다. 그래도 서류 절차는 밟아야 해서 새 학교로 서류를 들고 가면, 구두로 다 얘기가 끝난 것으로 알고 있는데도, 고마운 줄 알고 열심히 하라는 소린지, 그저 미리 초반에 길들이려는 절차인지, "학교 경력은 꽤 풍부하시고, 짧긴 해도 병원 근무까지 하셔서 더 바랄 게 없는데, 나이가 좀 있으시네요", 그런 말들을 꺼내는 교장이 적지 않다. 그러면 또 은미 씨는 밤에 잠을 이룰 수 없다.

'보톡스니 필러 시술이니, 조금이라도 젊어 보이기 위한 여러 의학적 도움에 이제는 나도 의지할 때가 되었나?' 은미 씨는 쓸쓸하게 헤아려보는 것이다. 피부가 약하기도 하고, 자연스러운 노화 과정으로 받아들이고 싶어 은미 씨는 실은 염색조차 하지 않고 살아왔다. '보톡스나 필러라면 몰라도, 그러니까 이제는 염색이라도 하자. 남의 눈을 그렇게도 신경 쓰면서, 머리 허연 여자 기간제 교사를 사람들이 어떻게 볼지는 왜 여태 생각 안 했을까', 어떻게든 잠들어보려고 애쓰다가 은미 씨는 이렇게 작은 결심 하나를 끝내고는 긴 한숨을 내뱉는다.

'나이 때문에 내가 고리타분한 것인가' 지레 염려가 되어 은미 씨 나름대로는 시대에 부합해 보이는 파격을 좀 추구했다가 교장으로부터 호출을 받은 적이 있었다.

보건교사가 참고해야 하는 '중·고등학생용 성교육 지침'에 보면 학생들에게 실시하는 성교육에 피임 교육도 포함시키라고만 되어 있었다. 이왕이면 학생들에게 실질적인 도움을 주는 피임 교육이면 좋겠다 싶어, 콘돔을 하나 구해서 포장을 뜯어 보여주고, 주의할 점은 무엇인지, 언제 씌워야 하는지 같은 문제들에 대해 발기된 남성 성기 모형에 직접 콘돔을 씌워가며 설명해주었다. '그래도 될까' 하는 걱정이 살짝 들기도 했지만, 교육용 남성 성기 모형이 판매되고 있다는 것에 일단은 안도했고, 무엇보다 '내가 늙어서 그런 거야. 이게 다 교육의 일환인데 이상하게 생각할 건 또 뭐겠어?' 하면서 은미 씨는 걱정을 떨쳐냈다.

그랬었는데, 은미 씨가 염려한 대로 교장의 호출이 있었다. 예민한 학생 하나가 그 교육의 방식에 무언가 마음이 불편했다는 식으로 집에 전달을 했고, 학부모가 교장실로 직접 전화를 한 모양이었다.

'그렇다면 학생들에게 직접적인 도움을 주면서, 사춘기 학생들의 정서를 다치지 않게 하는 피임 교육은 무얼까, 그게 가능하기는 할까, 교장은 과연 이 문제에 대해 자기 나름대로 성찰을 해보고 나를 부른 걸까, 그자에게는 교육자로서의 딜레마가 중요한 게 아니라 그저 학부모의 항의만 중요한 건 아닌가……' 그 어떤 질문에도 답을 찾을 수 없었고, 그 밤, 은미 씨는 어김없이 잠이 오지 않았다.

은미 씨가 기간제 교사 일을 시작하게 된 것은, 물론 아이가 초등학교 이학년쯤 되어 조금은 육아의 짐이 가벼워진 때문이기도 하지만, 경제적인 이유도 적지 않았다.

은미 씨가 근무한 병원을 드나들던 제약회사의 직원이었던 남편은 결혼 후 월급쟁이 생활에 염증을 느끼고는 친구들과 자금을 모아 휠체어, 보행 보조기, 환자용 침대 등 각종 의료 기기를 대여해주는 업체를 차렸다. 치밀한 준비 없이 시작한 일이라 그랬는지 초반에 자리를 잡는 데 어려움이 좀 있었다. 당신이 나서주었으면, 드러내놓고 말은 안 했지만 은미 씨의 남편은 그런 기대를 가졌을 것이고, 마침 친정도 그 무렵 은미 씨 가까이로 이사를 하게 되었다. 그렇게 시작한 교사 생활이었다.

작년 어느 날 은미 씨의 남편은 은미 씨에게 "그간 나 때문에 당신이 너무 고생했어. 이젠 나도 사무실 일, 그냥 애들에게 맡겨놓고 지켜만 봐도 될 정도로 확실히 궤도에 올랐어. 또, 당신 알다시피 앞으로 노인들이 점점 늘어나서 이쪽 일, 그렇게 쉽게 꼬꾸라질 것 같진 않아. 우린 비교적 초기에 진입했으니까. 그러니까 당신, 이제는 그만 나가. 곧 당신보다 젊은 교장들도 생길 텐데 나이 어린 윗사람 눈치 보며 지내지 말고. 물론 당신 알아서 할 일이지만." 그렇게 말을 건네왔다.

은미 씨는 잠을 이룰 수 없었다, 이번엔 무려 일주일 가까이.

자괴감을 느끼기도 하고 때때로 무참하기도 했지만, 어쨌든 십사 년째 지켜오고 있는 소중한 일터라는 생각을, 은미 씨는 거듭 새기고 있다. 또한 오십 초반에, 아직은 크게 아픈 데 없는 몸으로 집 안에서의 내 일상을 충일하게 꾸려나갈 수 있을지 은미 씨는 자신할 수 없다. 중·고등학교나 대학교 때 친구들, 이십대에 잠시 몸 담았던 병원 동료들은 이미 오래전에 연락이 끊어졌다. 은미 씨가 서른일곱이 될 때까지, 아이의 학교 적응이나 어린이집, 유치원 적응에 도움이 될까 하고, 내성적이고 겁 많은 성격을 다스려가며 인내하듯 참여한 학부모 모임은 교사 생활을 시작하면서 예전에 모두 청산했다.

간간이, 같은 지역구 내의 기간제 교사나, 은미 씨 자리로 복귀한 정교사 중 가끔 따뜻하고 인정이 많았던 사람들 몇몇이 혈육이나 시댁 식구를 제외한 은미 씨 인간관계의 전부다. '그런 정도의 사회성으로, 별다른 취미도 없이 덜컥 일을 그만둔다면 아마도 급속히 늙어버릴지도 몰라', 은미 씨는 걱정하게 되는 것이다.

찬바람이 불면 '내년에 나는 어떻게 될까', '이 나이에 나는 왜 가을마다 이런 걱정이나 하고 앉았나' 늘 자격지심에 시달리고 씁쓸해하던 은미 씨였다. 그런데 이제는 그만둬도 된다는 남편의, 어쩌면 고마울 수도 있는 말에 또 당황한다. 갈피를 잡을 수 없는 나약하고 간사한 감정의 물결이라고 은미 씨는 생각한다.

'숨은 아름다움', 이라고는 하지만 실은 은미 씨는 밉지 않은 얼굴이다. 그러나 은미 씨 성정에 너무 잘 어울리게도, 은미 씨는 병원에서 우연히 만난 남자와 어떻게 인연이 닿아 결혼하기까지 제대로 된 연애조차 하지 못했다. 은미 씨를 좋아하고 은미 씨에게 공을 들이던 남자들에 대해 은미 씨가, '이 남자의 마음이 정녕 진심일까, 나는 이 남자가 정말 좋은가, 이 마음을 받아줘도 되는가, 이제 벌써 대학교 삼학년인데 그냥 가볍게 만나도 되는 걸까⋯⋯' 깊이 고민하며 그 남자의 애를 태우는 와중에, 발 빠르고 눈 밝은 누군가가 그 남자를 차지해버렸다. 세부적인 디테일만 조금씩 다를 뿐 우습게도 너무 닮은 과정들이었다고, 은미 씨는 이젠 그저 옅은 미소를 머금은 채 추억한다.

'그 남자들, 나를 가끔 생각이나 할까, 그 남자들 중 한 사람과 결혼했다면 어땠을까, 고단하게, 가을마다 불안해하고 쓸쓸해하며 기간제 교사 생활을 이어가는 일은 없었을까, 남편 말대로 이제는 학교생활을 그만 접고, 제일 인상적이었던 한 남자 정도 그저 담백한 친구처럼 만나볼까⋯⋯'

가끔 이상하게 잠이 솔솔 잘 오려고 하면, 은미 씨는 이제 그게 오히려 어색해져, 그 남자들 중 한 얼굴을 떠올려 그런 식으로 생각을 이어가는 것이다. 그러면 은미 씨의 지겹고도 오랜 친구, 불면이 찾아와준다.

지쳐버린 은미 씨.

요즘 은미 씨는 시도 때도 없이 훅 온몸에 열기가 솟구치고 기분 나쁜 식은땀이 늘었다.

……그러니까 요즘엔 그냥도 잠이 오지 않는다.
서글픈 갱년기의 초입이다.

우울한 남규 씨

"마취 들어갑니다, 하반신 마취라 정신을 잃지는 않으실 거예요. 살짝 어지럽거나 몽롱하실 수는 있으니까 너무 걱정하지 마시고요. 그래도 가급적이면 깨어 있으려고 노력해보세요."

얼마 전 반월상 연골판 파열 판정을 받았다. 별로 무겁지도 않은 택배 상자를 옮기려고 무릎을 굽혔다가 일어서는데 무언가 '퍽' 하고 터지는 느낌이 왔다. 일상생활을 하는 데 큰 불편은 없어 그럭저럭 지내고 있었는데 이삼 일 정도 지나니 무릎 통증이 시작되었고, 무릎 근처 넓은 부위에 걸쳐 뻣뻣해지고 부어오르는 증상이 찾아왔다. 좋지 않은 느낌에 병원을 찾았을 때 의사가 내린 병명은 이랬다. 반월상 연골판 파열, 정확히 말하면 퇴행성 반월상 연골판 파열.

"운동선수에게 흔해요. 무릎을 과도하게 구부리거나 무릎이 뒤틀리거나 할 때, 그리고 태클 같은 직접적인 접촉에 의해서도 발생하지요. 그런데 걷기, 달리기, 아니면 등산이나 사이클을 즐기는 오십대 이상의 중장년층에게도 올 수 있어요. 연골을 너무 많이 써서 연골이 약해지고 얇아지니까, 의자에 앉았다 일어날 때 무릎이 살짝 뒤틀리는 것 같은 작은 동작에도 찢어지는 거지요. 그러니까, 조금 일찍 발병하신 편이지만 노인성 질환이라 보시면 돼요. MRI 상으로 보니 파열이 꽤 깊네요. 연골판 봉합술을 받으셔야 할 듯싶습니다."

……당분간 걸을 수 없다. 당·분·간·걸·을·수·없·다. 삼십 년도 더 지난 어느 초겨울, 비교적 규모가 있었던 점거 농성에 가담하여 반정부 투쟁을 벌인 일로 2년 형을 선고받았을 때의 기분에 비할 바는 아니겠으나, 그에 못지않은 아릿한 아픔이 몰려왔다.

걷는 일. 무언가로 고뇌하거나, 무슨 일인가로 깊이 절망하거나, 아니면 지독한 무의미를 견디거나 그럴 때, 그러니까 삶의 모든 순간에 나와 함께한 일. 나의 취미이자 특기, 아니 그저 나 자체라고 말할 수 있는 일. 관악산을 거쳐 북한산과 도봉산, 그리고 수락산에 이르기까지, 서울에서 내 거처를 여러 차례 옮겨가는 동안 나는 누군가가 내 종교를 물을 때마다, 내가 그 당시 의지했던 산들의 이름을 대곤 했다. 그런 일을, 수술과 회복 기간, 재활 기간 동안 마음껏 할 수 없게 된다. 그러니까 나는 이제 오십이 넘어 내가 아닌 다른 인간으로 다른 탈을 쓰고 다시 태어나는 기분이다. 그래, 이제 나는 내가 아니다, 마음껏 걸을 수 없는 오남규는 조금은 다른 오남규다. 뭐라고 말할 수 없는 울분에 잠깐 목이 메어왔다.

울분……

울분이 나를 여기까지 이끌고 왔다. 좀 냉정하게 말한다면 내 인생의 전반기를.

많지도 않은 알량한 재산을 그악스럽게 지켜내기 위해 가없은 모친을 냉정하게 외면했던 일가친척에 대한 울분, 인권을 유린하고 민주주의를 탄압하고 재벌을 비호하고 무소불위의 절대 권력을 휘두른 군사정권에 대한 울분, 간절히 원했으나 너무 늦게 뛰어든, 언젠가 꼭 진입해야 할 내 근거지라 여겼던 학교 현장에서 내가 목격한 비교육적 현실에 대한 울분, 깊이 신뢰했으나 그 깊이만큼의 실망과 배신감을 안겨준 사람들에 대한 울분……

'그 시절은, 재벌에 대한 특혜, 그리고 수출 주도 경제 속에 매년 십 프로 가까운 경제 성장을 이루어내던 시절이었잖아요. 남들 다 부러워하는 명문대를 졸업하셨으니 눈 딱 감고 그냥 누리고 살 수도 있었을 텐데, 예전에 운동했던 선배들

보면 참 대단하다는 생각이 들어요.' 뭐 이런 식으로 내 젊음을 추켜세우는 후배들 앞에 나는 좀 민망해진다. 순정한 울분이 있었을 뿐, 그것이 아닌 다른 카드가 있을 수 있다고 생각하지 못했던 것 같다.

어린 시절, 부나 명예를 누리고 있는 사람은커녕, 양가 친척들을 통틀어 대졸자조차 찾아보기 어려운 환경 속에 나는 놓여 있었다. 명민하고 순종적이고 무엇이든 스펀지처럼 빨아들이는 아이였으니, 만약 큰 부자나 큰 명성을 얻은 자가 옆에서 내게, 부나 명예에 대한 야망을 심어주었더라면 좀 달라졌을까. 사범대학에 진학하거나 운동에 투신하는 일은 없었을까…… 생각해볼 때가 있다. 그러나 그것이, 생존에 급급하고 아무도 내게 큰 꿈을 꾸라고 말해주지 않은 내 환경이 결과적으로 내 삶에 다행이었는지 불행이었는지는 잘 판단이 서질 않는다. 물론, 많은 것을 얻고 또 많은 것을 잃었을 것이다.

"어머, 선생님 이쪽에 출혈이 좀 진행되네요."

"아니 아니에요, 그건 정상적인 진행입니다. 감안하고 지켜보고 있으니 신경 쓰지 말아요."

"혹시 모르니 혈액 한 봉지 더 준비해둘까요?"

"괜찮을 것 같아요. 곧 멎을 겁니다."

하반신 마취 속에 수술이 진행되는 상황을 몽롱하게 지켜보자니 좀 두렵다. 무언가 긁히는 소리, 수술 도구 딸그락거리는 소리, 사람들의 발소리가 아무런 원근감 없이 뒤섞여 들려온다.

두려움……

죽을 용기를 다해 눈앞의 영달을 포기하고 뛰어든 길은 아니지만, 그저 순정한 울분으로 내 마음이 가리키는 방향을 향해 내달렸지만 그래도 두려움은 있었다.

투옥되고 이듬해 5월에 맞은 광주항쟁 6주년에 함께 감옥에 있던 동료들끼리 옥중 단식과 함께 반정부 구호를 외치기로 결의를 했다. 전날 밤, 투옥 후 몸과 마음이 모두 많이 나약해져 있던 나는 '다 함께 결의해놓고 혹시 나만 실행하는 건 아닐까' 하는 두려움에 잠겼다. 그리고 다음 날이 밝았을 때 우려했던 대로 복도 전체를 쩌렁쩌렁 울리는 다른 외침은, 적어도 내 귀에는 들려오지 않았고 나는 감시초소 지하 먹방에 얼마 동안 홀로 감금되어 있었다. 더 깊은 두려움이 그때 시작되었다. 이들이 내 존재를 잊으면 어쩌나, 말로만 듣던 극악한 고문을 당하는 건 아닐까, 독한 놈들이니 나 같은 것 하나쯤 쥐도 새도 모르게 암매장할 수도 있지 않을까. '두렵다는 느낌이 바로 이런 것이구나.' 한 마리 짐승이 되어 나는 어둠 속에서 이런저런 모색을 이어갔고, 점차 어떻게든 되겠지, 하는 희망도 아니고 자포자기도 아닌 야릇한 오기로 버텨

나갔다. 며칠이 지나, 그들이 나를 잊거나 몰래 없애버릴 수는 없다는 판단이 들었을 때, 나는 자해 투쟁으로 처우 개선을 요구했다. 5월 하순이라고는 해도 담요 한 장 없이 차가운 지하 독방에 내던져져 홀로 추위와 외로움을 견디고 있던 중이었다. 죽을 수는 없었으므로. 그들이 늘 다녀가는 시간이 임박했다고 느꼈을 때, 가장 안전해 보이는 왼쪽 팔뚝 근처에 깊은 상처를 내어 출혈을 유도했다. 내가 예상한 것 이상으로 출혈량이 꽤 되었고, 나는 다시금 두려움에 빠졌다. 얼른 와서 내 상태를 확인해라, 이 붉은 결기를 보고 제발 크게 놀라라, 겁먹어라, 당황해라, 이것들아…… 그러니까 부디 일 분이라도 빨리. 교도관이 오기까지 불과 삼십여 분 정도의 시간이 억겁처럼 느껴졌다.

먹방에서의 그 도저한 두려움을 건너오고 나니, 그 이후의 두려움이 조금은 수월해지긴 했다. 그 시간들이 없었더라면 실은 두 손 두 발 들고 도망가고 싶던 순간들이 내 인생에 꽤 있었다. 출옥 후 내 전력에 발목이 잡혀 언론사든 사립학교든, 그 어떤 곳으로든 진입하지 못하고 호구지책으로 선택한 학원에서의 첫 강의, 몇 년 후 정권이 바뀌고 특별법 제정으로 사면이 되어 비로소 오르게 된 교단에서의 첫 강의, 그리고 교단에서의 몇 년이 흐른 후 울분과 지리멸렬과 자괴감을 참지 못해 좌파로부터도 우파로부터도 욕을 먹을 게 뻔한 원고를 처음 출판한 순간…… 같은 것들. 심호흡 한 번 하고,

'그래, 조용히 죽어 나갈 수도 있다고 생각한 지옥 같은 두려움도 건너왔는걸, 뭐' 하면서 이겨냈다. 다만, 그 시절로 인해 미약한 폐소공포를 얻었고 유난히 추위를 타게 되었으나, 그것마저 없다면 그 시절이 이제는 너무도 아득할 것 같다.

지금, 쉰여섯의 두려움……

그것은 인공관절 수술 단계까지 가게 되어 결정적으로 걷는 일에 불편이 생기거나, 심각한 노안 혹은 집중력의 저하로 인해 책 읽는 즐거움이 사라지는 것이다.

반월상 연골판 파열, 이라는 진단을 내리며 의사는 이렇게 말했다. "연골판 봉합술은 관절내시경으로 파열 상태를 확인한 다음, 특수 실로 연골판을 꿰매어 복원하고 고정하는 수술입니다. 수술 자체가 복잡하진 않지만, 넉넉잡아서 삼 개월 정도는 재활 기간을 가져야 합니다. 그런데, 재활 기간이 끝났다 해도 이제는 조금은 덜 걸으셔야 좋습니다. 혹시 다시 파열이 되면 그때는 인공관절 수술로 갈 수밖에 없어요. 들어 보셨는지 모르겠지만, 인공관절이라는 게 수명이 있어서 육십대 중반은 넘어야 수술을 권합니다. 그런데 문제가 또 있어요. 오남규 씨 초진 차트에 현재 건강 상태에 대해 체크하신 항목들을 보니까, 음주 횟수도 잦은 편이고 고혈압 가족력도 있으신데, 그렇다면 제 판단에는 지금껏 그래도 규칙적으로 걸어오신 게 오남규 씨 건강을 지탱해왔다고 볼 수 있거든요. 그러니까 이제 좀 어렵게 생긴 거죠. 걷는 건 좀 자제하시고, 가급적 절주하시는 건 물론 채소 과일 위주로 소식하시면서 성인병에 대비하셔야 합니다."

나는 순간, 내가 조금은 가여워졌다.

연민……

어쩌면 울분과 함께 연민이 나를 여기까지 이끌고 왔다고도 할 수 있다.

방랑벽이 있고 무능했던 부친을 대신해 늘 생계의 무게를 짊어지고 있었던 어머니에 대한 연민, 그리고 군사정권에 대한 울분과 더불어 그 시대를 묵묵히 견디고 있는, 저임금에 고통당하는 민중들에 대한 연민…… 때때로 연민에서 출발한 사랑이나 우정도 있었다는 생각이 든다. 연민이라는 판단이 들어 그 감정이 빛을 잃어버린 경우도, 결국엔 이 또한 사랑이라는 생각에 그 감정이 더 커진 경우도, 생각해보면 모두 경험한 듯하다.

가련한 인간.

어린 시절 나는 늘 공부를 잘했으나 어찌된 일인지 우등상은 한 번도 타지 못했다.

그러다가 초등학교 오학년이 되었을 때 처음 우등상을 받게 되었는데, 상을 받기 얼마쯤 전, 담임 선생이 나를 조용히 불렀다. 자신감 없는 얼굴 표정에 수수한 옷차림, 지쳐 보이는 어깨선에 볼품없는 몸매를 가진 중년의 남자 교사였다.

"남규야, 내가 너한테 우등상을 줄까 하는데…… 어머니한 테 오천 원 달라고 말해라. 우등상 받으려면 오천 원 가져가 야 한다고 네 어머니께 전하라고."

망설이는 듯한 어조이긴 했으나 꺼내기 힘든 말을 꺼낸다 는 고통은 조금도 느껴지지 않았다. 앉아 있기 힘들어 탁자 귀퉁이에 생긴 작은 흠집만 노려보고 있던 그 오후를 나는 지 금도 기억에서 호출해낼 수 있다. 밖으로 노출하기는 어려운 무언의 학교 방침이었는지, 일종의 관행에 의한 그 교사의 개 인적 지시였는지는 알 수 없으나 가난이 가져다준 서글픈 조 숙함 속에, 어린 마음에도 나는 그가 어쩐지 가여워졌다. 교 무실을 나서며 '이놈의 세상이 이렇게 돌아가는 거였어', 다 알겠다는 듯 냉소적인 웃음을 흘렸다. 고작 열두 살 때의 일 이다.

훗날 모친은 갑자기 생각났다는 듯 쓸쓸히 미소 지으며, "다 지난 일이니까 이제사 얘기한다만, 남규야, 나 실은 그때 삼천 원을 드렸어"라고 말했다. 그 말을 듣고 나는 모친을 따 라 낄낄 웃다가 웃음 끝에 문득 목이 메었다.

그 모든 게 다 가여워졌다. 아들이 상을 받게 하려고 어떻 게든 급한 대로 조금 부족한 돈을 융통한 다음, 신중하게 지 폐 석 장을 봉투 속에 밀어 넣으며 괜히 코밑을 슬쩍 문질렀 을 그 마음과, 이천 원이 비는 봉투를 확인하면서 그 중년 교 사의 마음속을 오갔을 여러 결의 감정과, 딴에는 조숙한 척했으나, 얼마쯤 상처받기도 했으나, 그래도 상이 좋아 벽에 붙여놓고 오며 가며 바라본 내 순진함이 모두 다.

어제는 수술을 앞두고 조금은 욕심을 내어 걸어보자는 생각에 진통제를 한 알 먹고 한 시간 정도 천천히 비 그친 주택가 거리를 거닐었다. 장마 뒤끝에 쨍하게 해가 비치면서 길 한가운데에 지렁이가 말라 죽어 있고, 개미들이 들러붙어 지렁이 사체를 뜯고 있었다. 어릴 적, 비만 오면 부엌 바닥으로 십여 마리의 지렁이들이 우글우글 몰려 들어와 징그러운 생각에 물을 뿌려 하수구로 흘려보내곤 했다. 그러나 그 낡고 좁은 집을 떠나와 서울에 정착하면서는, 비 온 뒤에 습한 흙을 찾아 방황하고 있는 지렁이가 눈에 띄면, 언제든, 어김없이 풀숲으로 던져 살려주곤 했다. 어제 내가 마주친 그놈은 아마도 습기 감지 능력이 부족해 길을 잘못 들었는지, 이미 손쓸 수도 없이 말라죽은 상태였고, 뜻밖에 인근에 살던 개미들이 우연한 먹잇감에 흥이 나 있는 꼴이었다.

문득, 섣부른 내 연민이 그간 수많은 개미들의 양식을 앗아간 것은 아닌가, 수술을 앞둔 우울 속에 내가 품어온 연민에 대해, 실은 자기 위안에 대해 골똘히 생각해보게 되었다.

연민이든, 예의든, 배려든, 거절의 어려움이든, 그 무엇이든…… 내가 호의로 출발하여 누군가에게 내비친 그 모든 감정을 이제는 믿을 수가 없다. 그러니 방어적으로 모든 감정이 서서히 탈색되어간다. 선명해지지 않는다. 바야흐로 개성을 상실한, 그저 점잖은 노인이 되어가는 중인 듯하다. 지리멸렬한 노년의 초입이다.

"김 선생, 마무리 들어갑시다. 내시경으로 수술 부위 주변 한번 꼼꼼하게 훑으세요."

"예."

"환자분 자꾸 잠들려고 하는 것 같은데 정신 차리게 하고."

"그냥 눈만 감고 계신 것 같아요, 찡그리시는 거 보니까."

"찡그린다는 것도 안 좋아요, 마취가 덜 들어갔다는 뜻이니까."

"예, 확인할게요."

지리멸렬……

울분과 연민이 사라진 자리에 지리멸렬이 내려앉았다.

교직으로의 정식 입성. 뒤늦게 진입했지만, 그래도 의욕으로 충만한 서른여섯의 청년이었다. 어떤 집단에 들어왔으나, 열심히 일해 차근차근 올라가는 것을 꿈꾸는 게 아니라 오히려 승진을 혐오하게 만드는 집단에서 일하는 자의 지리멸렬. 주어진 일을 시키는 대로 잘하고, 적당한 아첨 능력을 겸비하여 윗사람의 신임을 얻고, 무엇보다 교육 능력이 아닌 뛰어난 행정 능력을 보이는 자가 승진하게 되는 교육계. 눈물 나는 개인적 노력으로 겨우 몇 밀리미터의 바퀴를 굴리는 것 말고는 개선의 여지가 없어 보이는 학교에서의 꽉 막힌 하루하루. 철저한 관료 사회. 행정적 집단. 대체로 보수적이고 순종적인 동료들.

무슨 무슨 시범학교 사업이라는 것은 그 일에 관심이 있고 그 일에 뛰어난 능력을 발휘할 수 있는 사람보다는, 아니 그 사람들을 일부 들러리로 세워, 승진 점수가 필요한 사람들을 중심으로 추진되었고, 매주 한 차례씩, 교육 본연의 문제라기보다는 행정적인 일처리와 관련된 문제로, 실은 대체로 별다른 상의가 필요치 않은 전달과 협조 요청을 위해 부장 교사들과 교장, 교감의 회의가 열렸다. 특별법 제정으로 학교로 진입할 길이 열렸을 때, 주저하지 않고 가겠다 결정했으나, 돈도 명예도 명분도 없는 이 길에 내가 순진하게 발을 들였구나, 얼마 지나지 않아 깊은 좌절 속에 빠져들었다.

생활지도부에서 근무할 때의 일이었다. '어깨동무 프로그램'이었던가 무엇이었던가, 아무튼 학교생활에 부적응하는 문제 학생들을 대상으로 교칙 준수의 중요성을 느끼게 하고 정서를 순화시킨다는 취지의 사제동행 프로그램이 있었다. 학생들을 데리고 산행을 하며 대화를 하고, 연극을 보여주고, 공연 내용에 대해 얘기 나누며 함께 식사도 하고, 교내 금연 캠페인도 벌이고…… 뭐 그런 식의 기획이었다. 물론 교육청

예산으로 움직이는 일이었다. 기껏 시간을 내어 학생들에게 도움이 될 만한 연극을 검색해 부장 교사에게 추천했을 때, "그래요? 고생하셨네. 그런데 그 연극을 보게 되면 예산이 딱 떨어질 수 있을까? 이제 곧 연말이라 예산 집행할 날짜도 얼마 안 남았는데" 하기에 "아쉽게도 조금은 남네요" 했더니, "고생스럽겠지만 좀 더 찾아봐요, 오 선생 마음에 덜 차더라도. 문화적 자극을 준다는 게 중요하지 안 좋은 연극이 어디 있겠어? 예산 남겨봐야 일일이 사유서 써야 하고 내년에 삭감 요인이 될 수도 있고, 골치만 아파. 무엇보다 교장이 싫어해요" 하는 것이었다. 짜증과 분노가 치밀어 "부장님, 저는 학생들과 함께 그 연극을 봐야겠어요. 그리고 다른 연극 찾는 데 더는 시간을 쓰기가 싫습니다"라고 되받았더니, "그렇겠죠? 다른 일도 많으신데…… 그럼 이 일을 어쩐다? 아, 내가 왜 이 생각을 못했지? 오 선생, 알아보신 그 극단에 전화해서 우리가 사정이 좀 있어서 단체 할인가 적용은 필요 없다고 그러세요. 그냥 일반 관람 가격 다 내겠다고. 그래, 그러면 되겠네. 이참에 가난한 연극쟁이들도 도와주고…… 좀 좋아요?"라고 환하게 웃으며 말했다.

교장이나 교감으로부터 이런 말을 들었다면 조금 나았을까. 무참하고, 가련하고, 지겨웠다.

잘 가르치고, 창의적으로 가르치고, 학생들의 국어 능력을 실질적으로 키워줄 수 있는 방향으로 가르치고…… 하는 구상과 노력이 아무 의미를 발휘할 수 없는 내 일상에 대한 좌절과 도저한 지리멸렬. 내게 "오남규 선생, 학교 일 빨리 배우려면 내년엔 교무부에 지원해서 근무해봐요"라고 말해준 선배 교사는 있었지만, 아무도 내게 "오남규 선생, 내년에 몇 학년 맡을 건가요? 우리 2월에 함께 모여 2학년 수업 구상하는 소모임 열어봐요"라고는 말해주지 않았다. 희망이 될 수 있다고 믿었던 노동조합은 학교가 학생들을 제대로 가르치지 못하고 있는 근본적인 문제보다는 교직 내의 분열이나 고용의 불안정성 같은 문제에 집중해갔다.

울분과 지리멸렬을 견디지 못해 몇 권의 교육 비평서와 교육 정책서를 내고 약간의 명성도 얻었다. 얼마간의 시간이 흐르고, 교육 현장에도 미약하나마 긍정적인 변화가 있었다. 나로서는 내 책이 기여한 몫도 없지 않으리라 믿는다. 그렇게 믿고 싶다. 그러나 지금 생각해보면, 많은 에너지를 쏟고 누구보다도 바쁘게 지낸 오륙 년의 시간에 대해, 물론 조금의 후회도 없으나 엄청난 자부심이 드는 것 또한 아니다. '그런 시절이 있었지, 울분에 차서 열심히 쓰고, 열심히 고뇌했던 시절이 있었어……' 조금은 낯설게 가끔 그 시절의 책들을 뒤적여볼 때, 지난날의 일기를 보듯 내 과거의 일부를 있는 그대로 반추할 뿐이다.

울분이나 지리멸렬을 승화시켜, 목공이나 사진 출사작업, 중창단 활동이나 악기 연주 같은 취미를 가졌으면 어땠을까, 가끔 생각해볼 때가 있다. 아마도 그 시절의 나는, 취미 생활 따위란 학교 현장에서 받은 절망감을 잊고, 그대로 덮어버리고 혹은 모른 척하고, 얄팍한 다른 것으로 관심사를 전환하여 그저 즐겁게 살아가려는, 타성에 젖은 중산층 교사의 연착륙 같이 느껴져 스스로 거부감이 들었을지도 모르겠다. 혹은 그냥 나의 타고난 기질 탓일 수도 있다. 아무런 취미도 갖지 않은 채 그저 걷고 걷고 또 걸었고, 가끔은 심장이 터지도록 달렸다.

생존에 급급했던 내 불우한 어린 시절에 대해 이제는 아무런 원망도 불만도 없으나, 내가 잘할 수 있고 즐거움을 느낄 수 있는 분야를 폭넓게 탐색할 기회를 얻지 못한 것은 좀 아쉽다. 주어진 생에 대해 좀 더 풍성하게 느낄 수 있는 여건을 박탈당했다고 할까. 제도 교육에서 잠시 맛보았을 뿐 음악이건 미술이건 제대로 감상하거나 창작해보지 못했으니까.

음악과 미술, 건축과 미학 등에 대한 나의 거리감…… 내 고유의 취향 때문인지, 내 생애 전반기, 내가 처한 환경 때문인지 명확히 알아내긴 어렵다. 어쨌든 내 노후 생활의 한 목록이 되어줄 수 있을지는 잘 모르겠다. 내 가엾은 무릎이, 호기심이, 열정과 집중력이 따라줄지 자신할 수 없다. 무엇보다 내가 그것을 원하고 있는지도.

그 모든 것을 떠나, 당장의 이 당황스러운 지리멸렬부터 나는 해결해야 한다. 삼 개월의 재활 기간이 필요하다는 의사의 말에 나는 삶이 본격적으로 지리멸렬해지는 느낌에 빠져 있다. 내 생애, 투옥 기간을 제외하고는 가장 천천히 흐를 석 달의 시간이 지금 내 눈앞에 놓여 있는 것이다. 우선은, 그것을 몸과 마음으로 받아들여야 한다.

"이제 남는 건 김 선생이 정리하시고, 박 교수 점심 같이하러 내려오시라 그래요."

"오후에 바로 수술 잡혀 있으신데 늘 시키던 그 집에 배달 주문 넣어놓을까요?"

"좀 다른 거 없을까? 먹는 즐거움이라도 있어야지, 원."

그들이 늘 먹는다는 '그 집'의 메뉴는 무엇일까. 그리고 그들이 오늘의 점심 식단으로 결정하게 될 '좀 다른 것'은 무엇일까. 시간이 얼마나 흘렀는지 알 수 없으나, 목이 마르고 허기가 진다. 의식은 계속 가수면 상태를 오가는 느낌이다.

다른 것……

대학에 진학한 후, 미술대학에서 조소를 전공하는 여학생을 사랑한 적이 있었다. 하얀 얼굴의 서울내기. 미래에 대한 뚜렷한 포부를 지닌 이십대. 부유층인데다가 예술에 대한 심미안을 갖춘 것까지 어쩌면 그 모든 점에서 나와는 완전히 다른 사람이었다. 누구나 교정을 걷다가 한 번 다시 돌아보고 싶을 정도의 눈부신 청초함을 지니고 있기도 했지만, 아마도 나와 너무도 달라서 더 끌렸을 것이다. 그녀 역시 내가 신기하고 신선하고 순수해 보였을 터였다. 그러나 어느 순간, 서로가 너무 다르다는 데서 오는 피로감에 헤어지게 되었다. 각자의 자아와 자의식으로 이미 가득 차 있는 팽창 직전의 나이였으니, 맞춰가고 이해하고 양보하고 역지사지하는 일련의 어른스러운 인간관계에 아마도 두 사람 모두 서툴렀을 것이다.

생각해보면, 늘 '다른 것'을 꿈꾸었다. 나고 자란 강원도가 아닌 다른 곳을 꿈꾸었고, 그래서 열심히 학업에 매진했고, 부귀영화가 아닌 다른 것을 꿈꾸어보려고 사범대학을 선택했고, 군사독재가 아닌 다른 것을 간절히 꿈꾸었으며, 한때는 다른 사회 체제, 경제 체제가 가능하지 않을까 꿈꾸어보기도 했다. 학교에 진입해서는 경직된 관료주의적 시스템이 아닌 다른 것, 열정으로 가르치고 즐겁게 배우는 이상에 목말라 했다. 교육을 포기한 학교가 아닌 다른 학교를 그려보다 지쳤을 때는, '그래, 차라리 내가 나가자' 생각하며 다른 일터를 꿈꾸기도 했다.

그 마음의 상당 부분은 세월이 흐를수록 희미해졌고, 어떤 마음은 이미 사라지고 없다. 다만 나의 이십대 시절, 군사독재가 아닌, 부디 '더 나은 것'을 꿈꾸던 그 마음은 지금도 소중하고 뿌듯하고 다행스럽다. 선명하게 내세울 수 있는 카드가 내 삶에서 점점 줄어들어가는 쓸쓸한 느낌 속에, 그 시절에 내가 그 마음이었다는 것만은 지금도 고맙게 느껴진다.

문학 수업 시간, 「공무도하가」 혹은 「산 너머 남촌에는」 혹은 「추천사」를 가르칠 기회가 있을 때면, 나는 아련히 이십대의 내가 떠오른다. 향단아 그넷줄을 밀어라. 머언 바다로 배를 내어 밀듯이 향단아. 아찔한 높이로 밀어 올릴수록 더 빠른 속도로, 더 깊은 좌절감으로 땅으로 다시 돌아오게 된다는 것을 생각하지 못했던 그 순정, 그 밀어붙임, 그 눈부심.

……지금 내가 동경할 수 있는 '다른 것'은 무엇인가, 무엇일 수 있을까.

생각나지 않는다. 그러나 알아낼 수 있다면 한 삼 년만, 어쩌면 내 생애 마지막 '다른 것'에 잠시 취해 있고 싶다.

"오남규 씨…… 오남규 씨 주무시는 거 아니죠? 있다가 수술 집도하신 담당 의사 선생님께서 오셔서 직접 설명해주실 건데요, 일단 말끔하게 봉합은 잘되었어요. 파열 부위가 좀 깊고 까다로워서 생각보다 시간이 좀 더 걸렸어요. 보호자 분은 대기하고 계시죠? 올라가실 입원실이 아직 정리 중이라 여기서 이십 분 정도만 더 대기하실 거예요."

나를 너무도 비참하고 우울하게 만든 수술이지만, 어찌되었건 말끔하게 잘 끝났다고 하니 기쁘다.

기쁨……

무엇이 나를 기쁘게 했던가 생각한다.

왜 사범대학인가, 주변 사람들로부터 적잖은 쓴소리를 들었지만 그래도 소신껏 지원하여 합격 통보를 받은 순간, 어찌되었든 고문 한 번 당하지 않고 무사히 출소한 순간, 출소 후 강남 학원 밀집가의 소규모 학원을 거쳐 대형 입시학원으로 옮겨 몇 달쯤 월급을 받고, 나를 머리 아프게 하던 비루한 경제적 문제에 어느 정도는 대처 가능하게 된 순간, 드라마에 나올 법한 지루한 외면과 모욕을 지나 마침내 처가의 결혼 승낙을 얻어낸 순간, 두 아이가 빨갛고 조그만 얼굴을 하고 세상의 첫 빛을 본 순간, 학교로 돌아갈 수 있다는 통보를 받은 순간, 몇 권의 책을 낸 후 그 누구보다 학생 독자들로부터 이런 책 써주셔서 고맙다고, 공감한다고, 우리 학교에는 이런 이런 문제도 있으니 다른 책을 통해 더 다루어달라는 응원의 이메일을 받아본 순간…… 같은 것들.

기쁘게 지켜보고, 기쁘게 기다릴 일이 내게 남아 있는가, 요즘 종종 생각하게 된다.

실은 없지 않다. 아들과 딸, 내 두 아이가 성공적으로 사회에 안착하고, 그들이 마음에 맞는 좋은 짝을 만나 행복한 결혼을 하고, 출산하여 일가를 이루는 과정을 지켜보는 일. 애초에 아무런 일도 이제는 기쁘게 기다려지지 않는다고 느꼈던 걸 보면, 아마도 아직 내게 돼먹지 못한 우월감과 허영심이 남아 있는지도 모른다. 그런 일들은 남들과 다를 바 없는 노년의 기다림이므로. 그렇다. 내게 남들과 똑같은 소박한 기쁨 정도만이 이제는 남아 있다. 받아들일 수 없는 것은 아니나 조금은 쓸쓸하다.

약간의 상실감도 동반되겠으나, 어쨌든 밥벌이의 노역으로부터 곧 벗어날 수 있다는 것도 적지 않은 기쁨이다. 이번 무릎 수술 때문에 그토록 고대했던 은퇴 이후의 생활에 약간의 그늘이 진 느낌이다. 그러나 이십대 시절, 돈을 벌지는 않았어도 매달 남은 돈을 헤아려보고 더 긴요한 사용처의 순위를 따져보면서 걱정하고 아끼고 쓰지 않고…… 했던 피로까지 합친다면, 근 삼십오륙 년 가까운 경제 활동에서 곧 놓여난다고 생각하니 시원하고 기쁘다.

생각해보니 더 있다.

누구의 어떤 말도, 어떤 행동도 이제는 이해할 만하고, 때로는 받아들일 만하다. 물욕에 찌든 사람도, 권력욕에 눈이 먼 사람도, 스스로를 속이거나 친한 동료를 속이는 사람도 가엾기만 할 뿐 그저 봐줄 만하다. 어쩌면 닳아가고 무뎌져 가는 과정일 수도 있겠으나, 내겐 차라리 기쁨이다. 그렇게 생각하고 싶다. 물론 그에 비례하여 좋은 사람에 감동하거나 그 사람에게서 영향을 받는 정도도 줄어들었다. 슬프지 않다. 분노에 끓어오르며 불필요하게 감정을 소비하는 일이 사라진 대가로 여길 뿐이다. 쓸쓸한 균형 감각이다.

이제 나는…… 그러니까 피로한 모양이다.

물론 그것이 연골 파열, 인공관절 수술, 절주, 식단 조절, 성인병, 가족력, 걷는 것을 자제하라는 권고를 이겨낼 크기의 기쁨은 아닐 것이다. 그러나 감내해야 한다.

본인의 방랑벽과 즉흥적 성정에 어울리게도 단명했던 부친을 닮지 않고, 단단하고 침착하고 부지런하고 열정이 많았던 모친을 닮았다면 나는 어쩌면 평균 수명 이상을 살아내며 이 땅을 견뎌야 할는지도 모른다. 그러자면 내 가여운 무릎을 달래가며, 이 지리멸렬과 친해지며 어떻게든 한 발 한 발 다시 이어나갈 수밖에 없다.

우선 내가 바라는 내일의 소박한 소망은 아침에 눈을 떠서 입원실의 천장을 보며 '여기가 어딜까?' 하고 헤아려보지 않는 것이다. 그렇게 생각하지 않고 하루를 열 수 있다면 그것이야말로 당장은 나를 가장 기쁘게 할 것 같다.

나는 생계를 해결하는 데 급급한 지독한 가난 속에서 잦은 이사를 겪었고, 또한 서울에 올라와서는 방학 때 집에 내려가지 않고 운동과 관련하여 여러 남은 일들을 처리하느라 동료들의 낡은 자취방을 전전하며 지내기도 하고, 학생회실 구석에서 쪽잠을 청하기도 했다. 이 년여의 시간 동안에는 아침마다 감방의 차가운 시멘트 천장을 대해왔으며, 가끔 무슨 일론가 울분에 잠겨 폭음을 하고는, 함께 술자리를 한 친구와 근처 여관방에서 숙취에 괴로워하며 잠을 청하기도 했던 것이다. 때때로, '여기가 어딜까, 나는 왜 여기에서 지금 눈을 뜨는 것일까'를 헤아려보며 아침을 시작하고 나면 너무 무참해진다.

오십대 중반에 이르러, '여기가 어디지?' 하면서 아침에 눈을 뜨고 싶지는 않다. 오늘 밤 잠자리에 들기 전에, 내 상황을, 내가 처한 시간과 공간을 여러 번 되새기며 잠을 청해야겠다고 다짐한다.

그래, 걷자, 실없는 생각 말고 움직이자, 그것이 늘 구원이었으니…… 하며 가수면 상태에서 남규 씨는 자신의 상태를 순간 자각하지 못한 채 문득 몸을 벌떡 일으켰다.

지난 시절로부터인지, 꿈속에서인지, 혹은 저승에서인지 흰 옷을 입은 한 여인이 눈을 동그랗게 뜨고 놀라서 남규 씨를 향해 달려온다.

젊고 싱그러운 육체다.

아직은, 느낄 수 있다.

알뜰한 명희 씨

이명희 씨를 처음 만난 것은 삼 년 전이다. 올해 같은 부서로 배정되며 가까이에서 그녀를 살펴볼 기회가 주어졌다. 명희 씨는 마흔둘의 화학과 교사로 교사 집단에서 흔히 볼 수 있는 나이 든 비혼 여성이었다. 나는 명희 씨와 같은 부서에 소속된 부장 교사로 명희 씨보다 세 살 위였다. 밝고 명랑하고 사교적이었으며 일처리도 깔끔하고 별다른 특이점이 발견되지 않아 무난하게 함께 일할 동료로 여겼다. 다만, 별로 그런 쪽으로 예민하거나 감각적이지 않은 내 눈에도 옷차림이 자주 바뀌는 것 같지 않아, 혼자 살림인데도 돈을 허투루 쓰지 않고 야무지구나, 속으로 생각했을 뿐이었다.

3월 말, 부서의 행사를 준비하느라, 웬일인지 초과근무가 잦았던 명희 씨와 일과 시간 후 함께 학교에 남아 있게 되었다. 무슨 일인지 명희 씨는 초과근무를 신청해놓고도 다섯시 사십분쯤 되었을 때 퇴근하겠다며 나서는 것이었다. 한 시간이라도 초과근무로 인정되어 근무수당을 받으려면 오후 여섯시는 되어야 했다. 알뜰하고 야무진 사람이었으므로 나는 "이명희 선생, 기껏 초과근무 올리고 왜 벌써 가려고 해요? 하던 일 다 마무리 짓고 이십 분만 더 있다가 가지 그래?"라고 말했고, 그녀는 웃으며 "아, 부장님. 그냥 조용히 나가려고 했는데, 굳이 물어보시니 말씀드리는데요, 사실 부장님도 알아두시면 요긴하게 쓰실 수 있어요. 초과근무 시간이 월별 합산이거든요. 제가 이번 달에 언젠가 세 시간 이십 분 초과근무를 했으면, 오늘 사십 분만 근무해도 네 시간으로 합산되는 거예요. 모르셨죠? 헤헤. 어제 남아서 행사 준비 거의 마쳤기 때문에 저는 그럼 이만. 결재는 내일 오전에 올릴게요"라고 말하며 총총 사라졌다. 즐거워 보이는 발걸음이었다.

나는 약간은 멍해지며 내가 둔감한 것일까, 그녀가 과한 것일까, 아무튼 비혼이라 신경 쓸 일이 적으니 이런 일에도 밝구나, 그냥 그렇게 넘겼지만 명희 씨를 좀 흥미롭게 바라보기 시작한 계기가 되기엔 충분했다.

4월 중순, 과학의 달 행사를 무사히 마치고, 모든 부서원들이 학교에 남아서 사용했던 기구들을 닦고 정리하고 수납하고 청소며 평가를 해야 할 일이 있었다. 그날, 학교 식당이 사정상 석식을 운영하지 않아 학교가 지정한 인근 식당에서 함께 저녁을 먹고 돌아와 업무를 이어가야 하는 상황이었다. 나와 명희 씨를 포함한 네 명의 부서원이 동행했는데, 교육 공무원에게 정해진 특근 매식비는 8천 원이었다. 그것도 실은 명희 씨를 통해 알게 된 것이지만. 우리가 향한 백반집의 거의 대부분의 메뉴는 7천 원이었는데, 명희 씨는 메뉴판을 일별하더니 "주문하기 참 애매하게 생겼네. 근데 이런 돈 남겨가면 뭐해요. 부장님 4천 원 정도 당연히 보태실 수 있죠? 그럼 감자전도 시킬게요"라고 말했다. 밝게 웃으며, 거침없이.

나는 "그럼요, 드세요. 다른 것도 더 시켜도 돼요" 하고 말았지만 서서히 그녀의 계산속이 거슬리기 시작한 것도 사실이었다.

한번은 부서 업무와 관련한 출장에 동행했는데, 저녁 시간이 다 되었기에 그냥 들어가기 뭣해 내가 밥을 샀고, 무언가 얄미운 생각에 "이명희 선생은 커피 사세요"라고 했더니 "저는 저녁에는 잠들기 어려워 커피 안 마셔요. 부장님 드신다면 부장님 것만 제가 살게요"라고 하며 인근 커피숍으로 향했다. 그러더니 4천 원 남짓한 아메리카노 한 잔 값을 계산하는데도, 석 장 정도로 보이는 신용카드를 신중하게 넣었다 뺐다 했다. 아마도 할인이냐, 적립이냐, 혹은 할인의 기준이 되는 월 사용액에 어느 카드가 가장 근접했느냐를 따져보는 것 같았다. 보고 있으니 숨이 막히고 조금은 어지러웠다.

한 잔의 커피를 앞에 놓고 내가 슬쩍 물었다. 호감까지는 아니었지만, 함께 부서 일을 해가며 조금은 친밀감이 붙었다 싶은 5월이었다.

"명희 쌤, 어머니, 아버지께 매달 들어가는 경제적 지원이 적지 않은가 봐요. 혼자 번 것 혼자 쓰는 공무원이니, 모르는 사람이 보면 엄청 부러워할 상황인데."

"아니에요. 가끔 부모님 보청기, 임플란트, 여행 경비 같은 거 다른 형제들에 비해 제가 더 부담하기도 하지만 그럭저럭 지내세요."

"그럼…… 왜 그래요?"

"무슨 말씀 하시는지……"

"기분 나쁘게는 듣지 말고요. 내 보기엔 무슨 목표라도 있는 사람처럼 알뜰해 보여서 묻는 거예요."

"기분 안 나빠요, 하나도. 목표 같은 거 없고요, 이상하게 들릴지 모르지만 그냥 취미 같은 거예요. 낚시나 요가나 그림처럼요. 월말에 여러 방향으로 정산을 하거든요. 카드 이용으로 아긴 것, 부장님 알지 모르겠지만 여러 절약앱으로 아긴 것, 초과근무비, 예적금 갈아탄 것으로 얻은 수익…… 뭐 나름대로 항목을 정해서 정산하는데 그 재미가 있어요. 취미 생활하려면 보통은 돈이 드는데, 이건 뭐 돈도 안 드는 취미죠."

"……"

"부장님은 이런 얘기 편견 없이 들어줄 것 같아 얘기하는 거예요. 사실 저도 나이가 있는데 아무 데서나 할 수 있는 얘기는 아니죠. 이런 말은 좀 오버일 수도 있지만, 저는 그런 점에서 우리 사회가 아직 좀 멀었다고 생각해요. 나쁜 뜻으로 유교적이고 위선적이죠."

"……"

대꾸할 말이 마땅히 떠오르지 않아 나는 이미 다 식은 커피를 괜히 호호 불어가며 그녀를 살폈다. 얄밉기도 하고 흥미롭기도 하고 신선하기도 한 여인이었다.

한번은 쉬는 시간에 그녀가 휴대폰을 막 흔들어대고 있기에, "명희 쌤, 휴대폰으로 지금 뭐 하는 거예요?"라 물었더니 "자기가 목표를 정해놓고 하루에 그 목표 걸음 이상 걸으면 캐시를 지급해주는 앱이 있어요. 오늘 좀 덜 걸어서 목표치 채우는 중이에요. 그러니까 가짜로 걷는 거죠, 호호"라고 웃더니 "앱 이름 알려드려요? 모아서 빵이나 아이스크림도 사 먹을 수 있고, 한 3주나 4주 정도 채우면 문화상품권이나 슈퍼마켓 상품권도 나와요"라고 덧붙였다. 나는 좀 질리는 기분이 되어 "알겠는데, 학생들 앞에서는 그렇게 막 흔들어대지 말지? 보기에 좀 그렇지 않나……"라고 되받았다. 지나가는 소리로 그저 얼버무린 말이었는데 그녀는 정색을 하고 말했다. "부장님, 저랑 세 살밖에 차이 안 나는데, 가끔 보면 세대 차이 비슷한 거 느껴요. 애들 앞이면, 이 모습이 쌤은 흉해 보여요? 애들도 이 앱 많이들 알아요. 노는 손에 휴대폰 흔들 며 용돈 버는 게 뭐 어때서요? 오히려 날 자기들이랑 더 가깝 게 느끼지 않겠어요?"

커피숍에서 그녀가 '나쁜 뜻으로 유교적이고 위선적'이라 고 말한 맥락이 다시금 떠올랐고, 나는 그때처럼 또 문득 아 연해지며 입을 다물었다. 교무실 분위기가 무언가 야릇해지 자, 비정규직으로 일하며 학교 업무를 보조하는 과학 조교 선 생이 "저도 그거 알아요. 명희 쌤처럼 그렇게 열심히는 적립 안 하지만. 꼭 돈 때문이 아니더라도 깔고 나면 아무래도 좀 더 걷게 되니까 건강에도 좋아요, 부장님. 제가 앱 알려드릴 게요"라고 말하며 내게 다가왔다. 그 와중에도 그녀는 아무 일도 없었다는 듯 업무 화면을 띄워놓고 휴대폰을 흔들고 있 었다.

내가 그녀를 흥미롭고도 신선하게 생각한 것은 그녀가 밝 다는 점이었다.

유난히 이해타산에 밝고 검약한 여인들은 실은 교직 사회 에 적지 않았다. 그러나 그녀들은 당당하지 않았다. 대체로 어둡고 조용하고 내성적이며 자신을 내세우지 않는 여인들이 었다. 간단한 찬으로 도시락을 싸 와서는 비슷한 성향의 또 래 여인들과 특별실 구석에서 나누어 먹고, 흔적을 남기지 않

기 위해 꼼꼼히 환기를 하고, 눈에 띄고 싶지 않아 가끔이라
도 비싸지 않은 옷을 새로 장만해 입고, 남들이 주목하지 않
을 정도로만 챙길 것을 챙겨 가고 아낄 수 있는 것을 아꼈다.
그러나 그녀는 밝고 당당했다.

　그녀가 내게 결정적으로 신선한 한 방을 날린 사건이 뒤이
어 벌어졌다. 이제는 많이들 사라진 전통이지만, 공립학교에
서 오 년마다 한 번씩 인사이동이 진행될 때, 가까웠던 동료
들이 돈을 모아 동료 교사가 새로 전입한 학교에 떡을 보내
는 일이 있었다. 나와 명희 씨가 근무하는 학교는 비교적 작
은 규모의 학교로 동료들이 거의 얼굴 정도는 알고 지냈고,
그 전통도 늦게까지 남아 있었다. 그런데 그해에, 새로 선출
된 상조회장이 교사별로 그룹을 지어 누구는 세 사람쯤에게
보내고, 발 넓은 누구는 다섯 사람에게 보내고…… 학기 초
에 일도 많은데 그런 식으로 번거롭게 참여하지 말고 상조회
로 그 창구를 일원화하자고 건의했다. 주변 교사들에게 의견
을 묻느라 좀 늦어졌다고도 했다. 그러니까 이동이 있었던 사
람들에게 모두 떡을 보내고 그 비용을 6월 급여에서 일괄 공
제하겠다 했다. 예상 금액은 3만 3천 원에서 3만 5천 원 사이
라고도 덧붙였다. 그러고는 얼마 후 학내망을 거쳐 의견 조사
를 한 결과 세 분의 반대가 있었으나 대부분이 동의해주셔서
그렇게 진행하겠다고 알려왔다.

떡 보내기 작업이 모두 마무리된 후, 상조회장이 학내망으로 '6월 급여에서 얼마 얼마가 공제된다. 협조에 감사드린다'고 알려왔다가 서너 시간 후 다시 '애초에 이 일에 반대했던 세 분 중 한 분이 참여하시기 어렵다는 뜻을 전해와서, 부득이하게 공제되는 금액에 미미한 상승분이 발생했다. 죄송하다'고 재공지를 했다. 그 글에 어느 교사가 전체가 읽도록 이런 답글을 달았다. '이런 일에도 개인 정보 보호가 적용될 수 있을까요? 이분이 누구이신지 알아야 이분이 떠날 때는 떡을 안 보낼 것 아닙니까? 밝혀주십시오.'

내가 예상한 그대로 그 얼마 후 난처한 낯빛이 되어 상조회장이 명희 씨를 찾아왔다.

"선생님, 전체 답글이라 보셨을 테지만 제가 좀 곤란하게 생겼어요."

"선생님, 저는요, 이런 일이 다수결로 결정될 수 있는 일이라고 생각 안 해요. 가신 분들 중에 저랑 친분이 있는 분도 아무도 안 계시고요. 아니, 그게 문제가 아니라 저는 그 자체가 싫어요. 우리가 부족한 분들을 보냅니까? 능력은 없지만 잘 부탁드린다는 의미도 아니고 이게 뭐 하자는 전통인지 저는 모르겠어요. 그래서 대부분 다른 학교들은 이제 안 하잖아요."

"예, 쌤. 그걸 모른다는 게 아니고 사람들이 막 밝히라고 해대니까……"

"저는 상관없어요. 선생님 원망 조금도 안 할 테니까요, 궁금해하는 분들한테 다 알려드리세요. 저 이동할 때 떡 안 오는 거요? 전혀 문제없고 오히려 저는 올까 봐 걱정입니다. 누굴 시켜서 여러 교무실에 돌릴 거예요? 실무사 분들도 다 바쁘신데. 그냥 괜한 일로 쌤께 본의 아니게 폐 끼쳐드린 거, 제가 유일하게 이번 일로 맘에 걸리는 거는 그거 하나예요."

상조회장은 잠시 얼어붙은 듯 그녀를 가만히 응시했고, 그 마음은 나도 마찬가지였다.

무더운 여름이었다. 장마가 끝나고 혹서기의 한가운데였다. 개학을 열흘 정도 앞두고 밀린 공문도 확인할 겸, 사무실 화초들에 물도 줄 겸하여, 긴요한 볼일이 있는 것도 아니었기에 부서원들 누구에게도 알리지 않고 학교로 출근을 했다. 그녀가 그 무더위에 에어컨도 켜지 않고 선풍기 하나로 버티고 앉아 화학 교재를 들여다보고 있었다.

"어머, 명희 쌤. 어쩐 일이에요?"

"그냥 전공 책 좀 보고 있었어요. 공문 온 것 있는지도 확인하고요."

"에어컨 좀 틀고 있지 그랬어요? 밖에 지금 펄펄 끓어요."

"조금 전까진 틀었어요. 혼자 있는데 계속 틀어놓고 있기 그래서 켰다 껐다 하고 있어요. 방송에서 보니까 그런 식으로 하면 전기 소모가 더 많다는 분석도 있던데, 간격을 좀 길게 하면 되지 않을까, 제 나름대로는 그렇게 판단하고 있죠.

게다가 집에 가서 무더위에 적응하려면 조금은 덥게 있어야 돼요."

"훌륭한 공무원이네."

"그럼 뭐 학교 전기는 안 아까운가요? 다 아깝죠."

"……"

"근데 부장님, 8월 들어서 오늘 첫 출근이세요?"

"예. 친정 엄마 편찮으셔서 친정에 좀 있었어요. 왜요?"

"그럼 개학 전에 하루만 더 나오세요."

"그건 또 왜요?"

"분명히 또 부장님은 몰랐다 하겠지만, 초과근무비 중에 정액분, 이라는 게 있고 실제 초과근무에 대해 시간당 지급하는 게 있어요."

"급여명세서에서 본 것 같아요, 그래서요?"

"한 달에 15일 이상은 나와야 정액분 초과근무비가 지급되거든요. 근데 8월 근무일이 보통은 11일 정도라 8월엔 아쉽게도 포기해야 하는 돈인데, 이번 여름방학 땐 개학이 일러서 총 근무일이 13일이에요. 이틀만 더 나오면 된다는 소리지요. 헤헤."

그녀에게 익숙해져서인지 나는 그냥 미소로 화답했다. 그리고는 어느새 '이런 정보는 나쁘지 않은걸?' 생각하기도 했다. 문득 그녀가 조금은 사랑스럽고 귀여웠다.

더위에 지쳐 보이는 그녀를 위해 나는 "근무하는 인간이 이제 둘이나 되니까 좀 틀어도 되겠죠?" 하면서 에어컨을 작동 시키고는, 밀린 공문을 확인하고 시들시들해져 가는 화초에 물을 주고 지학교사 모임 사이트에 들어가 쓸 만한 자료들을 검색하며 시간을 보냈다. 퇴근을 두어 시간쯤 앞두고 나는 그녀에게, "일찍 들어가서 꼭 해야 될 일 있는 건 아니죠?"라고 물으며 맥주라도 사오려고 지갑을 챙겼다. 그녀 말대로 개학 전에 하루는 더 나와야겠구나 마음먹었으므로, 오늘은 그녀의 얘기를 좀 들어보고 싶었던 것이다.

내가 근무하는 사무실은 중앙 교무실과는 좀 동떨어진 위치에 있는 별실인데다가 방학 중이라 출근하는 사람도 많지 않아, 우리는 에어컨은 켜고 전등은 켜지 않은 이상한 모양새로, 스낵류와 땅콩 믹스, 맥주 몇 캔을 마주하고 앉았다.

"명희 쌤, 일전에 상조회 사건은 별일 없이 잘 넘어갔어요?"

"그냥요, 그럭저럭. 이 바닥 잘 아시잖아요. 뒤에서들 쑤군거렸는지는 모르겠지만 제게 대놓고 뭐라 하는 사람은 없었어요. 실은 그게 더 기분 나빴지만. 어떤 논리로 되받아칠까 나름 준비해두고 있었거든요."

"그게 꼭 교직 사회만의 문제일까요? 선생들이 거침없는 자기표현에 좀 약한 건 사실이지만, 어디나 그럴 거예요, 뒤에서들 쑤군대는 거. 너무 맘에 두지 말아요."

"저는요, 부장님. 처음에 떡 보내기에 반대했다가 나중에 그냥 눈치 보며 다수 의견에 따라간 나머지 두 분 선생님, 누군진 모르지만 솔직하지 않다고 생각해요. 물론 이해하지 못할 일, 까지는 아니지만요."

"그게 항상 남 눈치 보기에다가, 돈에 대한 욕심을 감추는 행동이기만 할까? 그러니까 최소한의 교양이나 품위랄까, 뭐 그런 식으로 생각해주면 안 돼요?"

"저는 잘 모르겠어요. 살면서 이건 좀 아니지 않나 싶은 면을 사실 더 많이 본 것 같아요. 이번 사건은 어찌 보면 뭐 별거 아닌 경우고요, 가끔 '내가 그깟 돈 몇 푼 땜에 이러는 줄 알아?' 하면서 목에 핏대 세우는 인간들 있잖아요. 그런데 그런 분들 항변을 아무리 들여다봐도 돈 말고는 마땅한 이유가 안 떠오르는 경우가 대부분이더라구요."

"명희 쌤, 그렇게 말하니까, 몇몇 얼굴들이 휙휙 스쳐 지나가네, 우리 오빠를 포함해서, 그러니까 주로 남자들. 호호."

"제가 돈에 대해 예민한 면이 좀 있어서 더 그랬겠지만, 그런 말들 참 견디기 어렵더라구요."

"예전에 나한테 취미다, 취미로 아긴다 그랬던 것 같은데, 어릴 적부터 그랬어요?"

조금은 조심스러웠던 것도 사실이나, 그즈음 나는 이명희라는 여인이 무척 궁금해지고 있었다.

"맞아요, 습관이라는 게 몸에 배어야 하는데, 아무래도 부모님으로부터 보고 배운 것도 크겠죠. 그렇게 어렵게 살았다는 기억은 없는데 두 분 모두 성실함과 절약이 말 그대로 몸에 익은 분들이었어요. 그리고 아무래도 혼자 몸이다 보니 빈곤에 대한 공포 같은 것도 쌤보다는 더 있겠죠."

"무슨 소리예요? 남들 들으면 무슨 고액 연봉자인 줄 알지만, 내 남편 회사는 연봉도 적으면서 웃기지도 않은 연봉제예요. 그래서 우리 부부는 노후에 내 연금이랑 남편이 받는 그 알량한 국민연금으로 살아야 하는데요? 명희 쌤이 훨 나아요."

"그게 아니라 심리적으로 그렇다는 얘기에요. 싱글이라는 게, 되도 않는 자격지심일 수도 있지만, 그 자체로 좀 남루한 건데, 노후에 시설에 들어가더라도 제법 그럴듯한 곳에 가야 하지 않겠어요? 부부라면 남루함이 있어도 어떻게든 함께 견디겠지만……"

"……"

"그리고 재수 없어서 정말 백 살까지 살면 어떻게 해요? 대비해야죠."

맥주 캔을 빙글빙글 돌리며 무언가 생각에 잠긴 듯한 명희 씨의 이마가 조금은 쓸쓸해 보였다.

"그래서…… 좀 모았어요?"

"그냥, 뭐랄까…… 세월을 견디는 방식이에요. 부모님 두 분이 어렵게 살진 않으셨어도, 어쨌든 별로 넉넉하지는 않은 노후를 보내고 계시거든요. 암 검진이다, 보청기다, 수술비

다, 은퇴하고 아버지가 벌인 어떤 일에, 뭐 잘 안 풀린 건지, 사기 당하신 건지, 아무튼 사고가 터졌다…… 등등 해서 제가 쏟아부은 돈이 꽤 돼요."

"……"

"근데 실은 그런 사고가 제가 어느 정도 감당할 수 있는 수준에서 벌어지면 뿌듯하기도 해요. 물론 속상하죠. 그런데 전화 끊고 나서는 '어디 보자, 어느 예금이나 적금을 깨고 해드려야 손해가 적을까?' '이거 깨고 새로 들어갈 만한 거는 뭐가 있을까?' 하고는 갑자기 생기가 돌아 머리를 막 굴리는 거죠."

"생기가 돌아요?"

"아니…… 뭐, 말이 그렇다는 거예요. 요새 말로 하면 웃픈 거죠."

"……"

"가끔 탕진도 해요."

"탕진이요? 명희 쌤이요?"

"뭐 이만 원 정도? 사오 년 전까진 만 원이었고. 흐흐."

웃음이 터져서 탁자에 맥주를 흘리며 나는 급히 사과했다. 명희 씨는 그녀의 책상 아래 넣어둔 핸드백에서 빠른 동작으로 티슈를 꺼내어 내가 맥주 닦는 걸 도왔다. 그 휴대용 티슈의 비닐에 '체대 입시의 최강자 ○○학원'이라는 광고 용지가 끼워져 있었다. 가끔 인근 학원에서 등굣길의 학생들에게 무료로 배부하는 홍보용 티슈였다.

"사십도 넘어 이게 뭐 하는 짓인가, 가끔 나 스스로가 좀 끔찍한 생각이 들어서 한 번씩 혼자 좋은 레스토랑을 검색해요. 그러고는 '한 사람이요' 하면서 딴에는 당당하게 예약 넣고 무슨 기념일도 아닌데 혼자 비싼 밥 사 먹고 퇴근해본 적도 있어요."

"좀 해방되는 느낌이었겠네."

"그럴 줄 알았죠. 그런데 문제는 전혀 행복하지 않다는 거였어요. 그리고 집에 돌아와 삼십 분도 안 돼서는 '내가 미쳤지. 그런다고 내가 달라져? 그 돈이면 몇 끼를 사 먹는데……' 이런 후회가 막 밀려들어요. 어김없지요. 그래서 이제는 그런 일탈도 안 해요."

일탈…… 이제 내게 남은 일탈이라면 과연 무얼까, 무엇일 수 있을까, 맥락 없이 그런 생각이 떠올랐다 사라졌다.

"교무부 조 선생 있잖아요? 그 선생한테 본격적으로 조언을 좀 구해봐요. 부동산이면 부동산, 주식이면 주식, 무슨 채권이나 지수랑 연동되는 저축상품이면 저축상품…… 모르는 게 없어요."

"그런 것도 생각 안 해본 건 아닌데요, 머리 아프고 위험부담도 있어서 싫더라구요. 뭐 대단한 선의의 소유자는 아니지만, 특히 부동산 경매 물건 같은 건 남의 고통을 딛고 내가 수익을 얻는 느낌이 들어 개운치가 않고요."

"그렇게 아끼기만 해서는 큰돈 못 벌 텐데, 실은 나도 잘 모르지만."

"됐어요. 어차피 많이 쓰지도 않으니까. 노인들만 큰 문제 없으면 물 고이듯이, 모이긴 모일 거예요. 싱글이라 그런지 일이 커지면 감당이 안 되고 겁도 많아요."

"머리 아프기 싫어 그런 일 안 한다니, 명희 쌤은 그럼 무엇에 제일 신경 쓰는데요?"

"저는 화학이 좋아요. 애들한테 직접 써먹을 일 없더라도 최근 연구 동향도 가급적이면 따라가보려고 하고, 더 괜찮은 교수법에 대해서도 고민해보고요. 본인이 가르치는 내용, 지겹다는 분도 있고 때로는 근본적인 회의에 빠진 분들도 있는 것 같던데, 그런 점에서 저는 복 받은 거죠."

"하긴, 연구부 박 선생이 저번에 나한테 별 밝기의 상대등급이랑 절대등급에 대해서 굉장히 깊이 있는 내용을 묻길래, '쌤, 국어 교사는 이렇게까지 만능이어야 해요? 글의 논리 구조랑 독해하는 요령만 학생들에게 알려주면 되는 거 아닌가요? 굳이 저한테 이런 거 왜 물으세요?' 했더니 '그러게 말이야. 글이라는 게 내용이랑 구조랑 가래떡 끊듯이 딱 끊어지나, 어디? 말이 좋아 도구 교과지 나는 가끔 내가 뭐 하는 사람인지 모르겠어' 하더라구. 수학보다야 적지만 어쨌든 아예 손 놓은 놈들도 많아서 가끔 속상할 때도 있지만, 그런 경우를 보다 보면 우린 그래도 고민은 적어, 그쵸?"

"맞아요. 그리고 제가 좀 유난하긴 해요. 잘난 척 같긴 하지만, 수업 싫어지는 순간 미련 없이 관두겠다, 그런 신념 비슷한 거 가지고 있어요. 그 신념 지키려고 더 악착같이 아끼는 건지도 모르겠네요."

'수업이 싫어지는 순간 미련 없이 관두겠다'는 그녀의 말을 나는 오랫동안 곱씹고 있었다. '미련 없이'와 '악착같이'가 멋있게, 혹은 슬프게 공존하는 그녀의 현재를…… 술은 진즉에 떨어졌고 나는 자꾸만 목이 탔다.

"스마트폰도 사실 사용 안 했어요. 월 이용액도 아깝고, 쓸데없는 곳에 정신 빼앗기기도 싫고 해서."

"안 그래도 그 얘기 하려고 했어요. 명희 쌤 보면서, 귀찮게 여러 가지 절약하는 앱을 쓸 게 아니라 그냥 일반 폰을 쓰는 게 낫지 않나 생각했죠. 에스엔에스로 별다른 교류를 하는 것 같지도 않던데……"

"그랬죠. 남들 대부분 갖고 있을 때도 오랫동안 안 썼어요. 그러다가 몇 년 전, 세월호 사건을 겪고 마음을 고쳐먹었죠. 절약 좀 해보려는 내 사소한 고집이 엄청난 피해를 낳을지도 모른다, 그것만은 절대로 내가 원치 않는 일이다, 하고요."

"……"

"그래서 학급 맡으면, 혹시 몰라서 단톡방부터 두 개 만들라고 해요. 애들 편하게 얘기하도록 지네들끼리만 얘기 나누는 방, 그리고 나까지 합류해서 좀 더 공적인 얘기 나누는 방으로 나누어서요."

"……"

"그럴 일 없어야겠지만, 워낙 폰을 끼고 사는 애들이니, 절박한 순간에 '어서들 피해라', '절대 실내에 머물지 마라' 단톡방에 한두 마디라도 남기고 움직여야겠죠? ……제가 과민한가요?"

언젠가, 강촌이거나 대성리이거나, 그도 아니면 서쪽으로 나가서 을왕리 해수욕장이거나 했던 그런 그런 밤들에서, 아스라이 기타 소리 혹은 누군가의 노랫소리, 혹은 누군가들의 싸우는 소리가 어디 멀리 저승에서인 듯 들려오고, 우연히 곁에 앉은 동료랑 얘기가 잘 통해, 우리끼리 딴 세상에 온 듯, 밤 깊어가는 줄도 모르고 대화하던 순간들이 문득 떠올랐다. 무슨 남녀관계도 아니면서 말이다.

"명희 쌤은 교직 생활하면서 뭐가 제일 힘들어요?"

"저번에 있었던 상조회 사건도 실은 조금은 상처가 됐죠. 그런데 제일 힘들었던 건 담임 문제예요."

"왜요? 담임하기 지쳐요?"

"아뇨. 사실 그 반대예요."

"예?"

"왜 사람들은 누구나 비슷한 걸 원한다고 넘겨짚는지 모르겠어요. 저는 아직 한창 일할 나이고, 담임하는 것도 즐거운 편이에요. 그런데 인사자문위원회에서, 물론 젊은 교사들을 보호하려는 취지였겠지만, 5년 연속으로 담임을 맡을 수는 없도록 못 박았잖아요. 대체로 다른 쌤들이 담임을 연속해서 맡는 걸 힘들어하시는 것 같아서, 나쁜 선례 만들기 싫어 '나는 하겠다, 담임 다오' 하지는 못하고 있는데, 저는 사실 불만이에요."

"돈 문제하고도 관련 있어요?"

"없다고 할 수 없죠. 담임 수당도 담임 수당이지만, 사실 안정적으로 성과급 중간 등급을 확보할 수 있는 가장 확실한 방법이니까."

"한 해쯤 쉬어야 학생들도 예뻐 보이지 않나?"

"저는 모르겠어요. 집에 애가 없어서 그런지."

"건강은요?"

"아직은 괜찮아요. 원체 건강 체질이기도 하고요. 음양의 조화를 거스른 죄로 오십 넘어가면 한꺼번에 무너진다고들 하긴 하더라구요, 싱글 선배들이."

"그렇게 모임도 만들고 그래요?"

"아뇨. 뭐 하러요, 우중충하게. 그냥 워낙 교직에 많으니까 그동안 들어왔던 얘기인 거죠."

"우중충, 그런 말 하지 말아요, 명희 쌤. 밝고 당당한 거, 그게 쌤 매력이에요."

어느 순간 그녀는 내 여동생처럼 보였다가, 다시금 내 언니처럼 보였다. 그녀 앞에 내가 어깨를 으쓱하며 꺼내놓을 카드가, 실은 한 장도 없다는 생각이 스쳤다.

"실은 밤에 잠자리에 누워 이런저런 궁리를 하다 보면 언제나 조금은 우중충해지는 게 사실이에요. 하지만, 저도 나이가 몇인데, 이제는 가면도 쓸 줄 알죠. 쌤 앞이라 편해서 징징거리나 봐요."

"……"

"부장님은 교직 생활하면서 뭐가 제일 힘든데요?"

"가끔 수업 준비로 쓴 시간보다 업무로 쓴 시간이 더 길었던 것 같은 느낌으로 하루가 마감되면 좀 괴로워요. 저도 지학이 좋아요. 공부할수록 이처럼 사람을 겸손하게 하고 욕심 버리게 하는 학문이 없죠. 지구의 나이가 46억 년이라잖아요. 가끔 잘 까먹고 탐욕을 부려서 문제지만요."

"호호호."

그녀가 내게 남긴 인상이 너무 여러 가지여서 이쯤에서 나는 정리가 좀 필요할 듯싶었다. 폭염 때문이기도 하고, 오랜만의 낮술 때문이기도 하겠지만 조금은 어지러웠고, 무슨 일로 출근하려고 했었는지도 잘 생각나지 않았다.

"명희 쌤, 간만에 낮술 했더니 저는 좀 어지럽네요. 명희 쌤 말대로 하루 더 나올 생각이니 저는 이만 들어갈래요."

"같이 나가요, 부장님. 사실 퇴근 시간도 이미 지났어요.

아, 그리고 퇴근하기 전에 교무부 들러서 근무대장에 오늘 근무하신 내용 기록 남기는 거 잊지 마세요."

"됐어요. 이틀 더 나오지, 뭐. 나 오늘 사실 명희 쌤 얘기 듣느라 일도 별로 많이 안 했잖아요? 게다가 이 벌건 얼굴은 다 어쩌고요."

"많이 안 빨개요. 언뜻 보면 그냥 더위에 익은 것 같애요. 그리고 일을 안 하긴 뭘 안 해요? 공문도 보셨고, 공부도 하셨고, 무엇보다 부서원 고충 들어주는 것도 부장의 주요 업무 중 하나죠, 헤헤."

"고충은 무슨…… 내가 얘기 나누자 그랬는데."

"사실 고충이 적지 않죠. 입 밖에 내기도 그렇고, 또 얘기 꺼내봤자 너무 구질구질해서 그렇지."

"그래, 암튼 고마워요. 그렇게 말해주니 맘 편하게 대장에 남기고 갈게요. 남은 방학 잘 보내고."

그녀는 약간 붉어진 귀여운 얼굴로 갑자기 두 손을 공손히 모으고 내게 천천히 허리를 숙여 인사를 하고 팔을 크게 흔들어대며 오래오래 나와 악수를 나누었다. 그 손이 나는 서글프고도 마냥 아프고도 이유 없이 좋았다.

조금쯤 감상에 젖어 있는 나를 깨우며 그녀는 문득 "아, 잠깐만요, 부장님" 하더니 다시 사무실로 돌아가 선풍기 플러그를 뽑고, 냉장고와 전기 포트와 전자레인지가 한꺼번에 연결된 멀티탭 중 냉장고를 제외한 나머지 두 군데에 연결된 레

버를 딸깍딸깍 경쾌하게 내린 다음, 사무실을 휘 둘러보더니 씩 웃으며 다시 내게로 걸어오는 것이었다.

내 알뜰한 명희 씨.
나는 말없이 그녀에게 엄지를 들어 보이며 웃어주었다.

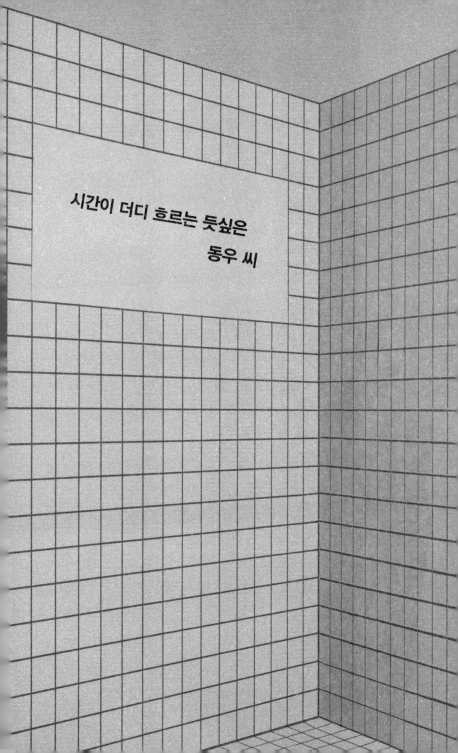

시간이 더디 흐르는 듯싶은

동우 씨

소속 부장이 부친상을 당했다 한다.

학내망으로 'ㅇㅇㅇ 선생 부친상, 급히 시간표 조정해 오후 두시에 출발 예정. 차 한 대로 움직이니 아홉시까지 한두 분만 애기해주세요, 장례식장은 대구입니다'라는 메시지가 날아들었다. 나는 무슨 생각이었는지 5분 정도 고민을 해보다 "마침 6, 7교시 없으니 저도 동행하겠습니다" 하고 답신을 띄웠다. 상조회장 구 선생은 "김동우 쌤이 웬일로? 아무튼 주차장에 늦지 않게 내려오세요" 하고 다시 답을 보내왔다.

대구로 향하는 길.

아무려나 초록에 눈이 씻기는 기분이다.

구 선생이 운전하는 차는 평일의 한산한 고속도로를 따라 빠르게 남쪽으로 향한다.

서울에서 고향에 다녀갈 일이 있을 때마다 지나온 길, 내겐 낯익은 풍경들이다. 경상북도 영양. 과거에 묻힌 곳. 유생들의 고장. 보수주의자들과 남성 우월주의자들이 지금도 기를 펴고 대접받고 살아가는 곳. 그곳에서 나는 태어나 자랐다.

낯익은 풍경일망정 그저 초록에 눈을 씻고, 동료라고는 하지만 내겐 언제나 어려운 사람들과 무해무득한 대화를 나누고, 어찌되었든 부장에게 같은 부서원으로서의 인간적 도리를 다하기 위해 따라나선 길이다.

인문계 고등학교에 근무하는 서른여덟의 컴퓨터 선생. 과목 특성상 별다른 주목을 받지 못하는 변두리 교과목인데다가, 교육 과정 편성상 고등학교 1학년 학생들만 매년 만나게 되어 있어 삶이 가만히 정체되어 있는 느낌이다. 아웃사이더로, 무언가 강사 같고 손님 같은 느낌으로 겉돌게 될까 봐 지치거나 지겨워도 계속 담임은 맡으려는 편이다. 그러나 그마저도 매년 반복되다 보니, 오히려 삶이 머물러 있는 느낌을 더 진하게 안겨줄 뿐이다.

몇 해 전 나이아가라 폭포를 보러 캐나다에 갔을 때, 폭포가 시작되려는 지점, 물살이 거세지기 시작하는 입구에서 나는 그 물굽이를 하염없이 바라본 적이 있다. 내가, 바로 그 지점에서, 속수무책 반대편으로 거슬러 가려는 배를 젓고 있는 모양새 같아서. 결사적으로 노를 저어보지만 배는 겨우 제자리를 맴돌 뿐, 일말의 진전도 없는 가엾은 모양새를 하고 있는 듯해서…… 하긴, 지금은 내가 힘을 다해 노를 젓고 있는지조차 알 수 없다.

얼마 전 학급 종례에 들어갔다가, 별것도 아닌 공문 처리로 수정에 수정을 거듭하느라 무언가 짜증도 나고 좀 지쳐 있을 때라, 5분 정도 그저 가만히 서 있었던 적이 있다. 시끌시끌함이 제풀에 가라앉기를 기다리며 교실 앞쪽 학생들의 대화에 그저 별 뜻 없이 귀를 열어놓고 있었는데, 그 절반의 내용은 도무지 알아들을 수가 없었고, 나머지 절반은 '저 애들은 과연 저게 재미있을까', 싶을 만큼 내겐 아무런 흥미를 불러일으키지 않는 것이었다. ……오늘 석식 뭐냐? ……그래? 또 그거야? 무슨 돌려막기냐? 극혐…… 오늘은 진심 학원 째고 싶다…… 너는 집 간다고? 아, 나도 집 가고 싶다…… 오늘 피방 나랑 같이 갈 사람? 너 자주 가는 거기? 거기 음식 별로야. 야, 너는 피방에 먹으러 가냐? 그래, 나 손잭스라서 그냥 맛집으로 간다, 왜…… 결론은 나랑 같이 안 간다 이거지? 나 오늘부터 너랑 손절이다, 새끼야. 알았어. 간다, 간다, 이 찌질한 놈…… 아, 맞다, 나는 못 가. 남아서 발표 수행 어떻게 할지 얘기하기로 했어. 존나 개짜증, 조별 과제 좀 제발 안 내주면 안 되나…… 근데 유튜브에 엑소 새 뮤비 떴냐……

이제 겨우 삼십대 후반. 이러다가 이십 년쯤 뒤엔 저 녀석들이 다른 종족같이 느껴지지 않을까, 건강이 문제가 아니라 나는 언제까지 교단에서 이 녀석들과 소통하며 수업이며 상담이며 어른 노릇을 이어갈 수 있을까, 녀석들 눈엔 내가 어떻게 보일까…… 조금은 아찔하고 서글퍼졌다.

"구준회 쌤, 운전 피곤하시면 언제든지 말씀하세요, 저 이제 고속도로 운전도 잘해요."

"나야 남아도는 게 시간이지만 앞날 창창한 처자 데이트할 시간도 뺏었는데, 무슨 소릴? 조금 자둬요. 서울 돌아오면 늦은 밤일 텐데."

동행한 두 사람은 50대의 상조회장 남자 구 선생과 30대의 상조회 총무 지 선생이다.

이들은 지금도 내가 동행한 이유를 잘 모르거나 나를 조금은 불편해하고 있을지 모르겠다. 혹은 '내성적인 남자가 그래도 윗사람 신경 써가며 사회생활 하느라 애쓰네' 하며 조금은 측은해하고 있을지도.

무슨 선택을 내려야 할 순간이면, '이 중에서 그나마 편하게 혼자 있을 수 있는 일이 무얼까'가 늘 그 선택의 기준이 될 만큼 관계 속에서 홍역을 앓는 내성성에다가, 술 몇 잔에도 온몸이 얼룩덜룩 흉하게 붉어지고 쉽게 정신이 흐려지는 체질을 가졌고, 어릴 적부터 운동신경조차 부족해 그 흔한 배드민턴 클럽에도 가입하지 않았다. 담배는 도전해보지 않았으나 도전해보고 싶은 흥미가 생기지 않았고, 남들에게 원치 않는 냄새를 풍기게 될까 신경 쓰는 것도 싫어 가까이할 수 없었다.

나와 세대가 다른 구 선생도, 나와 비슷한 또래이지만 성별도 다른데다 밝고 활기찬 만능 스포츠우먼인 지 선생도 내겐 너무도 어렵고 다른 사람들이다.

"김동우 선생, 휴게소 잠깐 들를까 하는데 커피 어때요?"

졸음이라도 오는지 목을 이리저리 돌려보며 구 선생이 말을 걸어온다.

"예, 좋지요. 촌놈이긴 하지만 연한 아메리카노 정도는 마십니다. 쉬었다가 가지요."

"준희 쌤이 사주는 건가요? 주유비랑 통행료는 당연히 상조회비로 경비 처리할 건데, 간식비는 좀 그래서요…… 그러면 저는 카페라떼요, 쌤."

잠시 화장실에 들렀다가 구 선생을 빠르게 따라붙어 얼른 커피값을 계산한다.

내겐 아무런 소비 욕구가 없다. 결과적으로 아끼게 되어 기쁘고 뿌듯하다는 느낌은 눈곱만큼도 들지 않는다. 계절이 바뀌어도 새 옷에 대한 욕심이 생기지도 않고, 그 흔한 구두 욕심, 자동차 욕심, 심지어는 컴퓨터공학과를 졸업했음에도 불구하고 새로운 IT 기기에 대한 호기심이나 소유욕도 없다. 어느 특정 분야에 대한 호기심과 소유욕, 한발 빨리 경험해보고 자 하는 이끌림, 혹은 남들과 다른 뛰어난 감식안이 있었더라 면 시간을 조금은 더 수월하게 흘려보낼 수 있지 않았을까 생 각한다.

하여, 어차피 사람들과 어울릴 기회도 많지 않고, 별건 아니 지만 좋은 인상도 남기고 싶고, 결정적으로는 돈이라도 좀 사 라져야 살아낸 흔적이 있지 않을까, 우습게도 생각하는 것이 다. 때문에 흔치 않은 기회가 생길 때마다 순발력을 발휘하여 얼른 계산해버리려고 하는 편이다. 그러나, 더 우습게도, 쓸쓸 하게도, 그게 내 그릇이겠지만, 물론 큰돈은 잘 쓰지 못한다.

휴게소에 들렀다가 다시 출발하려는데 문득 지 선생이 "아, 쌤들 5분만요. 얼굴 메이크업 본격적으로 지우진 못하더라도 입술 화장만이라도 좀 지우고 올게요" 하며 핸드백을 챙겨 화 장실로 총총 뛰어갔다.

문득 구 선생이 슬며시 미소를 흘리더니 내게 말을 붙여왔다.

"김 선생, 나는 말야, 지윤민 선생 없으니 하는 소린데, 상 갓집 갈 때마다 좀 야릇해져."

"……"

"뭐라 하면 좋을까, 그러니까 죽음의 자리에 애도하러 가는 거니까 누구나 언젠가는 사라진다는 쓸쓸함에 그런 건지, 삶 에 대한 충동을 더 강하게 느끼는 거라고나 할까."

"성적인 부분 말씀하시는 거군요."

"그래. 거기 가면 검은 한복을 입고 화장기도 없이 슬퍼 보이고, 유독 하얀 얼굴을 한 여자들이 왔다 갔다 하잖아. 뭐 검은 옷을 입어서 더 하얘 보일 수도 있지만. 평소에는 잘 안 묶다가 단정해 보이려고 묶었는지, 묶은 머리가 몇 가닥씩 옆으로 삐져나와서는 자주 귀 뒤로 쓸어 넘긴단 말이지. 그건 또 왜 그렇게 단아해 보이는지, 흐흐. 그리고 손님 접대하느라고 곁에 와 앉을 때, 장소에 걸맞게 절대로 과하지는 않게 엷은 미소를 보내면 말이지…… 아주 야릇해져서 죽겠어."

"……"

"별로 친하지는 않아도 김동우 선생 가만 보면 늘 속이 깊어 보여서 편하게 하는 소리야. 그냥 듣고 잊어. 근데 김 선생은 안 그런가?"

"무슨 맥락으로 하는 말씀인지는 알 것 같아요. 저는…… 감추려는 뜻은 전혀 없는데, 그런 쪽으로 좀 둔하고 사실 욕구도 희미한 편이에요. 어쨌든 결혼했으니 가급적 이혼은 피하고 싶고, 이혼 안 하려면 애라도 있어야 할 것 같아서, 그저 크게 골치 안 썩고 애나 만들 수준입니다. 이 말도 그냥 듣고 잊어주세요."

그렇다. '남들에 비해'라는 말은 별 의미가 없겠지만, 어떻든 남들에 비해, 흔히 말하는 젊은 남자들의 충동에 가까운 욕구에 비해 성욕조차 뚜렷하지 않다.

언젠가 신문에서 '강남 일대에서, 크게 이루어지는 경우는 조폭을 끼고 기업체 운영에 가까운 수준으로, 경찰에 대한 주기적인 상납으로 비밀리에 보호받으며, 오피스텔을 여러 채 임대하여 불법 성매매가 이루어지는데, 한때 러시아 여자들이 인기였다가 이제는 그 유행도 끝물이다'는 요지의 기사를 읽은 적이 있었다.

읽어나가다가 문득, 러시아 여성의 무엇이 성매수 남성들의 호기심을 자극했을까 생각해보았다. 동양 여자에게서는 보기 힘든 풍만한 가슴일까, 절정의 순간 잠시 감았다가 떴을 때 자신을 응시할 회색이나 푸른색 같은 새로운 눈 색깔일까…… 하다가, '머리가 금발이면 음모도 금발이겠지', 생각한 순간 맹렬한 호기심과 정복욕이 잠시 꿈틀거린 적은 있었다. 그러나, 곧이어 '성욕이라기보단 이질성에 대한 갈급이겠지, 세월이 이렇게도 늦같이 흘러가니……' 하며 슬그머니 웃고 말았다.

지 선생이 차를 향해 뛰어오는 모습을 보며 구 선생이, "듣자니 지윤민이 각종 운동을 다 즐긴다 하더니 아주 낭비 없는 시원한 몸매로구만. 젊었을 땐 무조건 풍만한 게 좋더니, 이젠 젊다는 그 자체가 좋아, 흐흐흐" 한다. 추하다는 느낌은 전혀 들지 않았고, 그저 따뜻하고 솔직하게 느껴지면서 조금은 부럽다는 느낌이다.

왜 이렇게도 못났을까, 부모 중 누구를 닮은 것일까, 별다른 자극이랄 게 없었던 시골살이의 결과물인가, 나도 기억하지 못하는 먼 옛날, 내가 자신감도 열의도 사교성도 없이 사람들 사이에서 허우적거리며 살 수밖에 없게 된 아픈 기억이라도 있는가…… 때때로, 내 못난 성격의 업보로 어떤 벽이나 오해에 직면하게 될 때마다 하릴없이 되물어보곤 한다.

어릴 적, '얼음―땅'이나 '무궁화꽃이 피었습니다', '오징어 달구지' 같은 또래들의 놀이도, 사과 서리나 참외 서리도, 카드나 체스, '부루마블' 게임이나 빙고 게임 같은 것에도 이상하게 흥미가 생기지 않았다. 시골에 살긴 했으나 부친은 지방 공무원이어서, 어머니가 가꾸는 작은 텃밭 이외에 내가 도울 만한 농사일조차 없었다. 그래서, 어린 시절조차, 사는 게 지겹고 시간이 무한정 너무 길다는 느낌을 늘 품었던 듯하다. 다만 부모님께 쓸데없는 걱정을 안겨드릴까 두려워 입 밖에 꺼내놓지 못했을 뿐.

마루에 걸터앉아 해가 조금씩 방향을 바꾸어간다거나, 노을이 예쁘게 깔려가는 모습을 삼십 분이고 한 시간이고 바라보고 앉은 날들이 많아 계집애 같다는 소리를 자주 들었다. 그래도 그 말은 듣기 싫어 공과대학을 택했으나 토목이니 기계니 다 무섭고 거부감이 들어서 컴퓨터공학을 선택했다. 그러나, 또 그러고도, 공격적인 취업 전선과 선배들로부터 들은 업계의 살인적인 노동 강도, 업무 스트레스, 업무 평가, 위계 관계 등등을 피해 교직에 진입하게 되었다. 생각해보니 모든 과정이 무언가를 회피해온 결과물인 것만 같다. 그저 내가 살아가는 꼴이겠으나, 때때로 욕지기가 치민다. 패배한 기분이고 생각할수록 답답하고 마음에 들지 않는다. 어린 딸은 몰랐으면 좋겠고, 결코 닮지 않았으면 싶다.

"지 선생, 움직이는 차 안에서 그렇게 휴대폰 들여다보면 멀미 안 나나? 나는 구세대여서 그런가, 젊고 늙고가 문제가 아니라 체력 좋을 때도 차 안에서는 책이고 폰이고 못 보겠더만."

구 선생이 뒷좌석에 앉아 한 시간 넘게 휴대폰으로 이것저것 넘겨보고 있는 지 선생에게 말을 건넨다.

"아…… 버릇이 돼서 별 문제 없어요. 그리고 차 안에서야 무슨 긴 글 같은 건 잘 안 읽으니까요. 아직 철이 없어서 그런지 시골 풍경은 좀 지루하고 별 느낌이 없어요."

"호호호, 그럴 때지."

내게도 물론 스마트폰은 있다. 그러나 남들이 이걸 들고 어떻게 몇십 분씩 재미있게 노는지, 무슨 컨텐츠들을 그렇게 열심히 탐색하는지 잘 이해하지 못한다. 적극적으로 알려고 하지 않아서 그럴 것이다. 한번은 부서 업무와 관련하여 출장을 나갔다가, 장학사가 급히 단상에 올라 강의할 강사가 차량 정체로 20여 분 늦게 도착할 거라고, 바쁘게 수업 당겨서 하고 참석하셨는데 죄송하다고, 조금만 기다려달라 양해를 구한

적이 있었다. 모두들 기다렸다는 듯이 제각기 스마트폰을 꺼내 '폰 놀이'에 빠져 있었는데, 5분 정도 이것저것 습관적으로 확인하다가 괜스레 민망해지고, 그렇다고 무언가 새삼스레 찾아보는 척하기도 우스워 교육청 주차장을 서너 바퀴 산책하고 돌아왔다. 그러면서 어김없이, 학생들이 나와 다른 언어로, 나와 다른 관심사로 떠들어대던 그 종례 시간 때처럼, '이제 겨우 삼십대 후반인걸' 하며 한숨짓고 말았다.

그러니…… 하루가 너무 길다. 살아도 살아도 길게 느껴진다. 서울에 살지만 어느 지방 소읍에라도 사는 기분이고, 마음은 어느새 늙어버린 기분이다.

매년 새로운 수업 연구라도 하면 좋겠지만, 인문계 고등학교 학생들에게 내 과목이 갖는 의미는 사실상 미미하다. 물론 입시와 무관하게, 학생들이 느끼는 과목의 무게와는 무관하게 그 속에서 내 나름의 노력을 할 수도 있는데, 어쩌면 해마다 반복해온 수업의 틀이 이제는 굳어버려 그저 핑계를 대는 것인지도 모른다.

더 귀찮아지고, 돌처럼 딱딱해져서 더는 손을 쓸 수 없게 되기 전에, 입시 부담에서 벗어나 다양한 수업을 구상해볼까 하고 중학교로의 이동을 꿈꿔보기도 했다. 게다가 중학교는 고등학교와는 달리 좀 더 다채로운 방과 후 수업이 개설되기에, 컴퓨터 방과 후 수업을 진행하며 세월을 조금은 더 수월하게 흘려보낼까 싶기도 했던 것이다.

그러나, 곧 성인이 되는 고등학교 학생들과의 거리감에도 힘겨워하면서, 아직은 한참 미숙한 중학생들과 어렵게 어렵게 호흡을 맞춰나갈 생각을 하니 한없이 아득했다. 더구나 주목받게 되는 것도 부담스러웠다. 정확하게 통계를 살펴본 것은 아니나 국공립 고등학교는 70퍼센트 정도, 중학교는 80퍼센트 정도가 여교사이다. 내 성별만으로, 어쩌면 조금은 더 눈에 띄는 존재가 될 터인데, 무리 속에 풍경처럼 서 있고자 하는 내게는 그조차 적응이 필요한 일이다.

어쩌면 하루가 너무 길건 세월이 너무 더디 흐르건, 모두 내가 감수해야 할 몫일 것이다. 사범대학에 진학한 것도 아니고, 업무 강도나 업무 스트레스, 성과에 대한 과도한 압박을 피해서, 다행히 학교 다니며 혹시나 하는 마음에 교직을 이수해둔 덕에 진입할 수 있었던 길이다. 이제 곧 마흔인데…… 삶에 그만 징징거릴 일이다.

"김동우 선생은 누구랑 가깝나? 가끔 보면 그냥 곧장 퇴근하는 것 같던데."

충청도를 벗어나 경상북도로 진입하려는 무렵 구 선생이 말을 붙여왔다.

"제가 좀 소극적이고 내성적인 편이라 딱히 가깝다고 내세울 만한 분이 안 계세요."

"나이대는 남 교사들 중에서 누구랑 누구 사이지?"

"교무부 정문현 선생이 저보다 네 살 정도 위인 걸로 알고요, 체육과 윤 선생이 저보다 두 살 아래인 서른여섯, 그리고 수학과 현인철이 서른다섯, 체육과 최 선생이 서른셋…… 아마 그럴 거예요."

"정문현 위로는?"

"글쎄요, 아마 쭉 비어 있고 창체부 고 선생님이 쉰넷인가 다섯쯤 되셨을걸요?"

"심각하구만. 임용고시 준비들은 안 하나? 사범대 남학생들은?"

"잘 안 하기도 하고, 잘 안 붙기도 하고…… 그렇지 않을까요? 저는 공대 출신입니다만."

"체육과 윤 선생이야 노총각이라 그렇지만, 현 선생, 최 선생하고는 애 키우는 얘기로 공감대가 좀 있겠구만."

"제가 못나서 먼저 한잔하자 소리도 못해요, 술도 잘 못하지만요. 그리고 저야 애가 아홉 살이니, 두 사람이 나누는 육아 정보하고는 좀 거리가 있기도 하죠."

언젠가 교직원 식당에서 두 남자가 예방 접종이니, 좋은 소아과니, 밤중 수유며, 육아 도우미 구하는 문제며 어린이집 얘기 등으로 신나게 대화 나누는 모습을 본 적이 있다.

요즘엔 좋은 아빠 노릇이 좋은 엄마 노릇과 크게 다르지 않은 듯 보인다. 그러나 나는 남자가 부엌에 들어가면 안 되고 남녀의 역할이 따로 있다고, 아직도 그렇게 여기는 시골 어른들 속에서 자라났다. 말도 안 되는 비논리와 자기 우월성 속에 갇힌 그 지독한 인습의 세계를, 나는 늘 끔찍해했고 벗어버리고자 했으나, 이토록 무섭게 내 속에 뿌리내리고 있을 줄은 몰랐다. 카트를 밀어주며 마트에서 아내에게 따라붙어 걷는 일도 한없이 어색하고, 가끔 설거지나 돕고 아이에게 동화책이나 읽어주는 수준으로 가사와 육아에 동참하고 있다. 그러니…… 시간은 더욱 더디게만 흘러간다.

때때로 조금은 기분이 밝아진 날에는 집 안에 굴러다니는 마트 전단지나 지역 소식지 같은 것을 팽팽하게 펼쳐 들어, 아이가 힘찬 기합 소리와 함께 종이 격파를 하도록 해준다. 결사적으로 세상의 햇살 속으로, 사람들 속으로, 주목받는 자리로, 웃음소리 가득한 자리로, 내 딸아이만큼은 그런 자리로만 나아가기를 속으로 빌어보면서.

아내는 중국어 선생이다.

이 나이에 치매라면 너무 우습지만, 정말이지 치매라도 걸릴 듯하여 아내에게 한 주에 다섯 단어씩 중국어를 배우고 있다. 그러나, 아무런 목표도 목적도 없으니 그마저도 기억에서 쉽게 빠져나간다.

이전 근무 학교에서 맞은편에 앉았던 동료의 소개로 만난 여인이다. 나처럼 조용하고 내성적이지만, 연애하던 시절에는 웃음도 많고 몇 마디 안 되는 내 말을 잘 경청해주어 결혼을 결심하게 되었다. 결혼 후 그녀를 겪을수록, 실은 고요히 자신의 내면을 들여다보는 일에 훨씬 익숙한 사람이라는 것을 알게 되었다. 그녀는 위로 언니와 오빠를 하나씩 둔 늦둥이 막내딸로, 돌이켜보건대 그녀는 늙은 부모님께 폐 끼쳐드리지 않으려고, 용기를 다해 연애 시절을 보냈던 것 같다. 물론 나에 대한 호감이 없지는 않았겠지만, 착하고 순종적인 여인이니 어쩌면 인생의 숙제를 마치는 기분이 아니었을까, 어릴 적의 나만큼이나 자주 석양을 응시하는 그녀를 볼 때마다 나는 가만히 헤아려보는 것이다.

전투적으로 좋은 어린이집에 대기자 등록을 한다거나 인터넷 중고시장에 쓸 만한 육아용품이 나왔는지 살핀다거나 하는 일이, 아니 어쩌면 결혼 그 자체가 어울리지 않는 여인이었다. 연애 시절에 내게 보여준 모습이 그녀 인생에 가장 밝고 적극적인 모습이었던 듯하다. 애잔하고, 때때로 가엾고, 내가 보살펴야 한다는 느낌은 늘 받지만, 그녀를 바라보고 있노라면, 실은 더더욱 시간이 더디 흐른다. 그녀의 긴 목선을 따라 어딘가에서 시계 초침 지나가는 소리가, 시간의 숨결이 다 느껴지는 것만 같다.

해가 기울어져 간다. 평소 같으면 집 앞 버스 정류장에 내려 괜스레 동네를 삼사십 분 정도 어슬렁거리다가 '그래, 그만 들어가자, 다 배부른 고민이지' 하며 내 마음만큼이나 차

갑고 딱딱하고 육중한 아파트 엘리베이터 앞에 서 있을 시간이다. 엘리베이터가 1층에 멈춰 설 때를 기다리며 은색 출입문이 되돌려주는 내 모습, 총기와 쏘는 힘을 잃고 흐리멍텅해진 눈빛과 흐트러진 머리, 살짝 나오기 시작한 아랫배를 쓸쓸히 응시하며 섰을 그런 시간이다.

얼마든지 운전 교대해주겠다던 지 선생은 스마트폰에 빠져 있더니 슬며시 잠에 떨어졌고, 구 선생은 곡명을 알 수 없는 올드팝을 흥얼거린다. 문득 생각난 듯 구 선생이 "참, 그 반에 소선도위원회에 회부된 학생이 하나 보이던데, 걘 사유가 뭡니까?" 했다. 나는 "가엾은 녀석입니다. 그냥 무단지각이 누적된 기운 없는 놈이에요"라고 답했다.

내가 맡은 학생들 중에 늘 잠에 취해 있고 지각이 잦은 녀석이 하나 있어 방과 후에 잠시 불러 대화를 나눈 적이 있었다. 늦은 밤에 아르바이트라도 하느냐, 했더니 그런 건 아니라 했다. 고등학교에 올라와 성적이 마음먹은 대로 안 나와서 그런지 모든 일에 다 흥미가 없고, 친했던 친구 하나랑 사이가 틀어진 뒤로는 친구 관계에서도 자신감이 없어 학교도 재미가 없다 했다. 잠은 자도 자도 계속 오고, 어떤 목표를 두고 무엇을 바라보며 지내야 하는지 모르겠다고 털어놓았다.

나는 문득, "너만 그런 줄 아니? 나도 그래, 이놈아" 하며 손이라도 붙잡고 함께 울어버리고 싶은 충동을 꾹꾹 눌러 참았다.

"○○아, 한 며칠 그것 때문에 다른 일은 전혀 못하더라도 머리 터지게 한번 고민해봐. 성적 떨어지고 친구랑 절교하고…… 앞으로도 얼마든지 있을 수 있는 일인데 그럴 때마다 그냥 잠이나 잘 순 없잖아. 네 스스로 의미를 찾아내고 목표를 세워봐야지, 이제 고등학생인데 언제까지 투정 부리듯이 이런저런 핑계를 대고 방황할 거야?" 억지로 억지로 정답에 가까운 말을 생각해내어 낮은 목소리로 건네는데, 생각지 못한 자괴감과 울분에 한숨이 새어나왔다. 네가 한 말을 너는 믿느냐, 네가 한 말에 비슷하기라도 하게 너는 살아왔느냐……

노을을 구경하는 척, 구 선생의 옆모습을 슬쩍 응시했다. 쉰여덟인지, 아홉인지 아무튼 예순이 머지않은 그는 내가 아는 한 거의 모든 교직원이 호감을 갖고 있는 무던한 사람이다. 천성이 훌륭하고 환경이 도와주어, 버틴다는 생각도 없이, 붓 한 번 떼지 않고 멋진 그림을 완성하듯 살아왔을 수도 있겠지만, 어쩌면 그가 이 악물고 버텨왔을지도 모를 시간들을 혼자 그려본다.

스스로 노인이 된 기분에, 공무원은 겸직이 금지되어 있지만, 퇴근 후 몰래 아르바이트 삼아 다른 일을 겸해볼까 생각한 적도 있었다. 그러나, 내가 기업체 취직을 포기하며 두려워했던 성취와 위계와 아첨과 과도한 남성성의 세계를, 부업으로 맞닥뜨릴 공간에서도 비슷하게 겪을 일을 생각하니 싫어지고 자신 없어졌다. 또한 배짱이 약하고 소심하기에 불법 행위를 한다는 찜찜함도 내 발목을 잡았다.

……경륜이나 경마, 프로 스포츠 도박, 아내와는 다른, 밝고 어리고 자기표현에 적극적인 여자에 몰두하는 성 매수, 혹은 구할 수 있을지 알 수 없으나 대마초나 히로뽕 같은 것에 빠지지 않게 되려고 실은 안간힘을 쓰고 있다.

언젠가 한 선배 교사가 "나이를 먹으면 각종 욕구도 희미해지지만, 그 욕구를 통제할 의지까지 실은 함께 희미해진다는 게 문제야. 마음 굳게 먹고 스스로를 제어할 수 있는 이성도 결국엔 늙는 거지 뭐겠어. 가끔 어떤 정치인이 골프장 캐디 아가씨 엉덩이를 만진다거나 하는 일로 구설수에 오르잖아? 나이 먹으니 어느 정도는 불쌍하고 다 이해가 된다니까"라고 해서 피식 웃고 말았는데, 어쩌면 나쁜 것을 탐닉하며 세월을 버텨보려는 내 욕망도 비슷하리라 생각하면 좀 두려워진다.

내 생애의 '나쁜 것'에 대한 표식인 듯, 어둑어둑해지며 빨갛게 불을 밝힌 톨게이트에 '서대구'라고 씌어 있었다. 거의 도착한 모양이었다.

대구 외곽에 위치한 병원 장례식장에 도착했을 때는 날이 완전히 저문 뒤였다. 소속 부장의 부친이 어떤 삶을 살았는지는 알 수 없으되, 장례식장 입구에 '○○당 대구시의회', 그리고 아직도 저런 게 있나 싶어 피식 웃고 말았는데 '라이온스 클럽 대구 수성구 대표' 등등의 명의로 화환이 꽤 여러 개 도열해 있었고, 입구까지 나와서 구 선생에게 악수를 청하던 부장은 나를 보며 놀라움과 반가움이 반반쯤 섞인 얼굴로 등을 툭 쳤다. "김동우 선생까지 먼 길 와주셨네, 신경 써주어 고마워요"라는 말과 함께. 눈이 다소 충혈되어 보였으나, 단순 노환으로 여든일곱까지 수를 누리다 가신 부친 앞에서 비교적 덤덤하고 맑은 얼굴이었다.

부장의 꼼꼼한 성격을 반영하듯 영정 속 사진은 적어도 오륙 년은 지나 보이는 듯, 정장 차림에 깔끔하게 다듬은 머리, 죽음보다는 삶의 자기장에 가까워 보이는 단정하고 온화한 모습이었다. 부드러운 미소로 카메라를 응시하고 있는 노인의 얼굴에는 그러나, 거칠지는 않아도 부드러운 그늘이 져 있었다. 기쁨과 활력과 에너지의 발산보다는 슬픔과 권태와 에너지의 응축에 오랜 세월 익숙해진 표정과 이목구비였다.

그 얼마 후, 나 스스로 너무도 당황스럽고 다시 돌이켜보자니 얼굴이 뜨거워지는 일이 일어나고 말았다. 덤덤한 부장과는 달리, 낯모르는 노인의 영정 앞에 앉아 웬일인지 나는 몸을 일으킬 수가 없었다.

내 삶에 아무런 미련도 애착도 없고, 그저 시간이 조금만 더 속도를 내어 흘러갔으면 하고 바랄 뿐, 흰 죽처럼 살았고, 살고 있고, 앞으로도 그렇게 조금은 더 푹 퍼지고 묽어진 흰 죽으로 남은 시간을 버틴다 해도 아무 불만 없다고 생각했다. 그러나, 그럼에도 모든 죽음은 이토록 서럽다. 나는 다리에 힘이 풀려 엎드려 절하는 자세 그대로 꽤 오랜 시간을 울었다. 눈물이…… 세월을 견디는 동안 어딘가에 한구석 고여 있던 물기가 계속해서 비질비질 배어 나온다. 마흔이 다 된 나이에 이건 아니라고 말할 수는 없다, 말해서는 안 된다. 그러나 어쩌면 마지막으로 좀 서러워도 되지 않을까, 누구에게 향하는지도 알 수 없는 하소연을 좀 풀어놓아도 괜찮지 않을까…… 네 분의 부모님이나 친인척의 죽음이 아닌 동향의 모르는 어르신의 죽음 앞에 외려 나는 마음이 무너져 내렸던 듯하다.

한동안 그저 지켜보다가 내가 어느덧 어깨까지 들썩이게 되자, 구 선생은 놀라서 나를 일으키러 다가온다. "아니, 이 사람 경북 영양이 고향이라더니, 이게 웬일인가? 사진 보니 고인이랑 구면이기라도 한 건가. 김 선생 얼른 일어나요. 괜찮아요?" 하며 당황한 기색이 역력하다.

노인에게 시간은, 그 도저한 시골에서의 하루하루는 어떤 무게였을까. 돌볼 농사일이라도 다행히 많아 그저 정신없는 시간들이었을까. 때때로 무연한, 저 뻔뻔한 초록에 좀 구역질 나는 나날들도 있었을까. 복 받은 노년이라고 주변에서 덕담

삼아 건네는 게 왠지 비웃는 것 같고, 문득 다 놓아버리고 싶은 순간들도 행여 있었을까.

느닷없는 내 눈물에 아무 설명도 하고 싶지 않았고, 당연하게도 뒤늦은 수치심이 몰려들었다. 하여 나는 다시 서울로 향하는 길의 운전을 자청하며 입을 다물 수 있었다.

고맙게도 지 선생도 구 선생도 묵묵히, 이미 밤이 깊어 본인의 굳은 얼굴만 되돌려줄 뿐인 차창을 응시하며 내 눈물에 대해 묻지 않았다. 평소 같으면 그들의 마음속에 내가 어떤 인상을 남겼을지 몹시도 신경을 썼겠지만, 이상하게도 그 밤에는 그런 게 다 무슨 상관이랴 싶어졌다.

충청도로 접어들자 비가 흩뿌리기 시작했다.
서울로 돌아가면 열시 반에 가깝겠다.

문득, 내 주소지가 까맣게 생각이 나지 않았다.

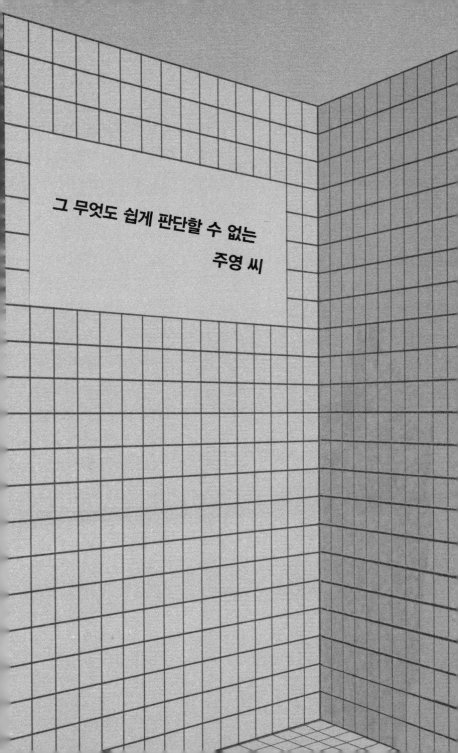

그 무엇도 쉽게 판단할 수 없는

주영 씨

주영 씨는 자신이 심각한 결정장애를 안고 있다고 생각하고는 최근 신경정신과 상담을 시작하게 되었다. 결정장애 환자답게, 그조차 금방 결정하지 못하고 오래도록 고민하고 마음을 썼지만, 정작 병원 문 앞에 서자, '그래, 고쳐보자. 당찬 직업인으로 거듭나자' 하는, 이상하게 비장한 마음에 짐짓 씩씩한 걸음으로 또각또각 걷게 되었다. 비가 내릴지 그냥 흐리고 말지 결정할 수 없는 듯한 날씨의 퇴근길이었다.

"윤주영 님은 우리 병원 처음이신데, 무슨 일이신지요?"

"선생님, 저는 이 인근 고등학교 선생인데요, 요즘 사람들이 흔히 다들 그렇다고는 하지만, 뭔가 결정하는 게 너무 어려워요. 그게 괴롭다고 느껴질 정도면 치료와 상담이 필요하지 않을까 해서요."

"괴롭다고 느껴질 정도라면요?"

"어떤 일을 하다가 결정하기 위해 중간에 흐름이 딱 막혀요. 그러고는 꽤 오랫동안 결정하는 데에 시간을 쓰지요. 하지만, 그 결과물이라는 것도 늘 찜찜하고 마음에 들지 않아요."

"현대인 병이라는 건 아시죠? 최근 꾸준히 늘고 있다는 것도요."

"예, 그렇게 듣긴 했습니다만……"

"요즘 에스엔에스를 자신의 결정을 도와주는 용도로 활용하는 사람들도 많아요. 쇼핑하다가 고민되는 두 종류의 옷 사진을 올리고 친한 지인들에게 의견 구하거나 하는 식으로요. 그렇지만 치료를 필요로 할 수준이라고 하긴 어렵죠. 시대 변화에 따른 하나의 경향성으로 보이는 측면이 있고요. 왜 그런 경향성이 발생했을까, 하는 문제야 전문적인 연구자들의 몫이겠지만요."

"하지만 저는 일단은 좀 나아지고 싶은 마음이 간절하니까요……"

"그러면 이렇게 합시다. 다음 약속 때까지, 주영 씨가 최근 자신이 치료가 필요할 만큼의 결정장애라고 느끼게 된 상황이나 고민을 정리해서 적어 오세요. 보면서 얘기하는 게 더 효율적일 것 같네요. 보고서 형식이 아니어도 되니까, 자유로운 형식으로 편하게 떠올려보고 편하게 쓰세요."

"알겠습니다. 그럼 치료는요? 제가 몇 개월 정도로 예상하고 계획을 잡으면 될까요?"

"천천히 생각해봅시다."

선생님, 어제 찾아뵌 학교 선생 윤주영 환자입니다.

올해 서른셋 된 미혼녀이고요, 담당 교과목은 일반사회입니다. 서른셋이라고는 하지만 교직에 나온 지는 올해 사 년 차밖에는 되지 않았어요. 대학 재학 중에 휴학을 일 년 했고요, 좀 더 전문성을 갖춘 선생이 되고 싶어 석사 과정을 밟는데 이 년이 걸렸고, 기간제 교사 생활을 겸한 임용고시 삼수를 하느라 또 삼 년이 흘렀습니다. 적고 보니 이때까지만 해도 휴학이나 대학원 진학, 세 번까지는 그래도 임용시험 도전해보자는 결정 같은 것을 잘도 내렸었네요.

작년에 교직에 들어온 지 처음으로 3학년 담임교사를 맡게 되었어요. 선생님도 아마 아시겠지만, 사년제 대학의 경우 수시전형으로 총 여섯 군데의 대학에 지원할 수 있습니다. 어떤 학생이 여섯 군데를 정해서 왔는데, "○○야, 여섯 군데가 모두 상향 지원이어서는 곤란하지 않겠니?" 같은 당연한 소리는 간신히 용기 내어 했는데, 그다음 말을 잇기가 어려웠어요. 가령, "이 두 군데 정도는 버리고 다른 대학을 생각해보자" 같은 말을 해야 할 텐데, 물론 데이터는 있지만, 학생이 어떻게 받아들일지, 또 내가 한 사람의 장래를 너무 단정적으로 판단하는 건 아닌지 쓸데없는 염려도 되고요. 결국엔 지원 계획서만 한참 들여다보다가 "선생님 생각엔 좀 더 현실적인 방향으로 다시 고민해보는 게 좋겠다." 하나도 마음에 안 드는 두루뭉술한 조언을 하고는 돌려보냈습니다. 올해 초엔, 고민 끝에 3학년 담임을 희망하지 않았고요.

무슨 무리에 들어가야 할지도 모르겠어요. 무리, 라고 하니 '선생들 참 유치하구나', 생각하실까 봐 염려도 되는데요. 그저 친한 그룹들이라 여겨주세요. 같은 교과목 선생들끼리 친하게 지내면, 대화도 풍부하고 자연스럽겠지요. 그런데 범사회과 무리에 들어가자니, 홀로 겉도는 지리과 이 선생을 나까지 가세하여 따돌리는 꼴이 되기에 들어가지 못하겠어요. 지리과 이 선생이 교과 내에서 자신만 소외되고 있다고 실제로 느끼는지, 하고는 별개의 문제로 제 마음이 편치가 않아요. 물론 또래 무리도 있지요. 그런데 제 또래 무리들은 주로 여행이나 유행 패션, 연예인이나 인기 드라마 같은 걸 화제로 올리기 때문에 늘 대화가 공허한 느낌입니다. 제가 지적인 것에 집착하는 사람이라는 뜻은 아니에요. 그래도 학교에 있다 보면, 학생들과 가벼운 일상 대화를 하는 것 말고, 좀 무게감 있는 의견 교환을 하고 싶은 갈증이 있어요. 그러니까 어른들의 대화, 라 할 수 있는 부분이요. 그러니 결국엔 겨우 같은 부서 동료들과 교류하게 되는데, 식사를 하거나 교정을 걷거나 하는 휴식 시간에도 마치 업무의 연장선상에 있는 것 같은 느낌이 듭니다. 부서 동료들이 저를 백 퍼센트 편하게 생각하는지도 실은 잘 알 수 없는 일이기는 하겠지요.

사람과 사람 사이, 서로 힘이 되어주고 위안이 되어주어야 하는데, 때때로 거추장스럽고 무겁고, 그러나 홀로이긴 싫습니다. 홀로라는 그 자체도 싫지만, 당당할 수 없으니 홀로인 나를 향한 시선이 더 싫은 거겠지요.

교원평가, 라고 선생님도 들어보셨을 거예요. 거기에 학생들이 5점 척도로 교사들에게 항목별로 점수를 매기는 것과 별도로, 선택 항목으로 서술식으로 평가하는 말을 남길 수도 있게 되어 있어요. 선배 교사들은 '어린 학생들이 생각 없이 던진 말에 괜히 상처받을 수 있으니, 절대 확인하지 말라'고들 하지요. 그런데, 저는 그래도 교직에 진입한 지 얼마 되지 않았으니 수요자의 반응을 살펴야 하지 않나 싶어서 확인해본 적이 있는데 '자꾸 깨워서 짜증난다'는 식의 서술이 있었어요. 그 뒤로는 자는 학생을 깨워야 하는지도 결정할 수 없게 되었습니다.

수업권과 학습권이 있듯이, 비학습권이라는 게 있다고도 할 수 있을까? 수업 때 떠드는 것이야 교사의 수업권과 동료들의 학습권을 침해하는 것이니 개입할 수 있지만, 자는 것은 또 다른 문제가 아닐까? 아니면 그것도 교사가 수업할 의

욕과 동료들이 학습할 의욕을 떨어뜨리니까 넓은 의미의 권리 침해로 보고, 내가 개입할 수 있는 문제로 판단하면 될까…… 사회 교사로서의 과민반응일 수도 있지만, 머리가 좀 아팠습니다. 한편으로는, 내가 이렇게 열심히 수업 준비를 했으니, 모두 정자세로 내 말에 집중해야 한다는 생각 역시 어쩌면 독재고 파시즘일 수도 있다는 생각도 듭니다.

제가 학생들의 교원평가에서 '자꾸 깨워서 짜증 난다'는 글을 보았다고 옆자리 교사에게 말했더니, 그 선생은 언젠가 '한 학기 내내 잤는데 아무 관심도 없다'고 누군가 썼더라면서 피식 웃긴 했습니다. 그러면서 그 선생도 또 그랬어요. "확인했나, 안 했나 감사 나오는 것도 아니니 피곤하게 제발 그런 것 읽어보지 말라"고요. 그렇다면 삶이 우습게도 원래 그렇다. 인간이 원래 그렇게 나약하고 간사하다고 해야 하는 건지…… 이제 겨우 4년 차인데 자꾸만 허탈한 결론으로 귀결되고 맙니다.

선생님께서도 아마 학창 시절에 기억에 남는 트라우마 같은 게 있으실 거예요. 전문가 앞에서 트라우마, 라는 말을 쓰자니 좀 어색하고 쑥스럽긴 하네요. 그래요. 누구나, 기간의 차이는 있지만, 교사로서가 아니더라도 학교라는 공간을 모두 경험해보았기 때문에, 더구나 가장 예민하고 모든 것을 쑥쑥 빨아들일 나이에 경험했기 때문에, 선생이란 정말 어려운 자리인 것 같아요. 어린 학생들이지만, 고등학생이 되기까지 겪은, 학교에 대한 좋거나 쓰린 기억이 다 있고, 학부모들도 중졸자건 고졸자건 대졸자건 학교에 대해 어떤 이미지나 기억을 간직하고 있으니까요.

선생님 저는요. 초등학교 2학년 때인가, 3학년 때 '주목'이라는 말을 이해하지 못해 생긴 우습고도 서글픈 기억이 있습니다. 나이 든 담임선생님이셨는데, 수업이 시작되었는데도 떠들고 장난치는 학생들 앞에서 큰 목소리로 "전체 주목!"이라고 호통을 치셨지요. 저는 '주먹'이라고 하시는 줄 알고 두 주먹을 꼭 쥐었습니다. 대체로 주목하라는 호통은 한 번으로 끝나지지가 않지요. 그래서 선생님이 두번째로 소리치셨을 때, 내가 주먹을 확실히 쥐고 있다는 걸 드러내기 위해 제법 팔까지 쭉 뻗어가며 주먹을 꽈악 쥐었습니다. 그냥 넘어가 주셨으면 좋았을걸, 선생님은 "하하하, 주영아, 주목하라고, 주목! 주먹 쥐라는 게 아니고 선생님 똑바로 쳐다보라고요" 하며 면박을 주셨습니다. 별것 아닌 일인데, 그 오후를 저는 잊을 수가 없어요.

또래들보다 늘 조금은 더 성숙하고, 늘 인정받으며 살아가는 사람이라는 의식이 그 어린 나이에도 조금씩 싹트고 있었으리라, 지금에야 저는 생각해봅니다. 그러지 않고서야 그 오후가 그렇게 생생하기는 어렵겠지요. 아마 저 말고도 주목의 뜻을 모르는 친구들이 많았는지, 선생님의 지적에 몇몇을 빼고는 크게 웃는 분위기도 아니었는데, 잠시 혼자 꿀통에라도 빠진 듯, 모욕과 자책과 원망의 늪에 잠겨서는 그 수업 시간이 한나절같이 느껴졌어요. 더 큰 웃음거리가 되기 싫어 몰래 울음을 삼켰던 것 같기도 하고요.

사회 과목을 담당하다 보니 수업 중에 다루어지는 어휘가 아무래도 좀 어렵지요. 그 기억 이후, 수업 중 어떤 단어를 한번 뱉었다가 잠시 흐름이 끊기는 순간들이 꽤 있어요. 따로 설명하고 넘어가야 할까? 그렇다면 어느 수준까지? 제가 가진 안 좋은 기억에 더해서, 제가 맡은 과목까지 특수한 면이 있다 보니, 좀 과장하면 학교에서의 매 순간을 저는 결정의 어려움 속에 허덕이며 보내는 것 같습니다. 사회 과목 중 '법과 정치'라는 세부 교과목이 있는데요, 제가 대학 때 가장 흥미롭게 공부한 분야이면서도, 이런 고민의 순간이 제일 많이 생기게 되는 수업이라 매년 2월이 올 때마다 뼈아프게 꺼려지는 수업입니다.

선생님,

고민 끝에 병원을 찾은 어제는 날만 잔뜩 흐리더니, 오늘은 시원하게 비가 내립니다. 비가 오면 선생님은 아마도 '비와 인간 심리' 같은 주제로 생각을 이어가실지요? 어쩌면 일터에서 돌아오면 인간 심리 따위, 아예 싹 잊고 예능 프로그램 다시 보면서 뭐 웃을 일 좀 없나, 하실지도 모르겠습니다.

교사의 일은, 특히나 담임교사의 일은 끝이 없답니다, 선생님.

수업만 하면 좋겠는데 학생들 생활 관리, 생활 지도도 해주어야 해요. 저는 얼마 전에 일과 전에 학생들의 휴대폰을 일괄 수거하여 담임교사가 보관하는 일에 대해 잠시 고민해보았습니다. 오토바이를 타고 등하교를 할 수 없게 하는 규정에 대해서도요.

물론 대부분의 학부모나 교사들이 찬성하겠지요. 다른 곳에 신경 쓰지 않고 수업에 집중할 수 있게 되고, 오토바이 안 타는 문제 같은 경우는 안전하고 학생다우니까요. 그런데 과연 쉬는 시간, 점심시간에도 교사가, 학생들에겐 분신과도 같은 휴대폰을 강제로 쓰지 못하게 막을 권리가 있을까 싶어요. 그리고 이미 국가가 그 운전 능력을 인정하여 면허를 취득한 학생들에게 등하교만은 오토바이로 하지 말라고 통제하는 게 옳은 일일까 싶기도 하고요.

휴대폰을 걷는 문제도, 오토바이 문제도 교사가 자기 스스로 학생들을 자제력 없고 미숙한 존재로 단정 짓고, 그런 미숙한 존재의 행동을 강제로 통제하고 있는 면은 없을까 싶은 거지요. '그냥 맡겨두면 수업 시간에도 마구 켜놓고 싶을 거야. 그토록 외모를 중시하는 나이에, 헬맷 쓰게 되면 머리가 눌려서 폼이 안 나니까 헬맷도 안 쓰고 타고 싶을 게 분명해. 한 녀석이 타면 마구마구 따라서 타고 싶을 거야. 철없는 십대니까 틀림없이 과속하고 싶어질 거야.' 뭐 이런 식의 성찰 없는 자기방어로 안이하게 판단하는 것은 아닌가, 그런 생각입니다. 실은 확고한 것도 아니에요. 용기가 없어서이기도 하겠지만, 확고함이 없기에 바꿔보자는 건의도 못합니다.

어쩌면 확고함, 하고는 거리를 둔 채 살아왔는지도 모릅니다. 그저 제 빛깔이겠으나 늘 마음에 들지 않습니다.

그래서 매년, 하던 업무를 계속하는 게 좋을지, 다른 부서로 옮겨가며 여러 가지 업무를 경험하는 게 좋을지조차도 결정하지 못합니다. 아직 4년 차밖에 되지 않았으니 여러 경험을 해보고 싶지만, 또 어떻게 생각하면 수업 이외의 행정적인 일들이 과연 내게 얼마나 의미가 있을까 싶기도 합니다. 때문에 한 번 맡은 일의 업무 강도가 높지 않으면, 그리고 그해의 부서 분위기가 나쁘지 않았으면 보통은 그냥 머물게 됩니다. 그러다가 갑자기 업무 조정이 이루어지거나 부서 구성원이 대거 교체되는 변수를 만나게 되기도 하지요. 그러면 다시 원점으로 돌아와, 어떻게 해도 이제는 학교에서 과중한 업무를 피해 갈 수 없다는 뜻이니, 역시 여러 업무를 경험해보는 방향으로 결정했어야 했어…… 하면서 후회와 자책을 할 때도 있습니다. 그래봐야 그 어떤 결정도 결국엔 무의미로 수렴됩니다. 제 생각에는요. 그러나 그런 무의미한 일조차 결정하지 못해 쩔쩔매는 것에 제 슬픔이 있습니다. 선생님.

선생님께서는 아마도, 전공 교과목에 어울리거나 적성에 맞는 업무를 하면 되지 않아요, 하고 반문하고 싶으실지도 모르겠네요. 하지만, 제가 아는 한, 뒤늦게 내 전공 교과목이 적성에 맞는가를 고민하는 문제라면 모르겠지만, 학교에서 자신의 적성에 맞는 업무는 거의 없답니다. 쓰고 나니 선생님께서, '결정장애'가 문제가 아니라 윤주영 씨 마음이 비틀려 있다고 오해하실까 두렵네요. 어린 나이에 제가 현장을 건방지게 단정 짓는지도 모르겠지만, 학교 현장이 그렇습니다, 선생님.

사회과 교사로서 제가 제 역할을 너무 과대평가하고 있는 것 같기도 하지만, 정치 현안이나 당면한 사회 현안에 대해 내 생각을 밝히는 게 좋은지, 그렇지 않은지도 판단이 서지 않습니다.

사회 선생이니까 우리 사회를 보는 눈을 키워주어야 한다는 생각도 있고요, 어떤 단원을 설명하다 보면 한창 뜨거운 현안의 예를 들어서 말해주는 게 더 이해를 돕는 면도 있어요. 그런데 사회 현상이라는 게 빛과 그늘을 다 가지는 경우가 많아 입장 정하기도 쉽지 않은데다가, 간신히 입장을 정했다 해도, '어린 학생들 앞에 내가 섣불리 이런 얘기들을 펼쳐놓아도 될까, 아무 확신도 없으면서……' 싶어지는 것이지요.

얼마 전, 선생님께서도 아마 관심 있게 지켜보셨을 꽤 예민한 정치적 사안이 있었지요. 한 석 달 가까이, 지리멸렬하게도 계속되었어요. 그때는 정말이지, 혹시라도 뉴스를 잘 챙겨보고 현안에 관심을 두는 조숙한 학생들이 그에 대한 제 생각을 물어올까 봐, 제 나름대로 견해를 정리해두느라 소화불량 증상을 겪기도 했습니다. 정작, 너무 첨예하고 민감한 문제여서 그랬는지, 동료들도 학생들도, 그 누구도 내게 이 문제를 어떻게 보느냐 묻지 않더군요. 결국엔 제 결정장애 증상을 재확인하면서 더불어 소화불량만 남았는데요, 나중엔 그냥 제 자신이 미워지고, 제 고민을 키운 애꿎은 그 사태만 미워졌습니다.

아…… 쓰다 보니 여쭈어보고 싶었던 게 문득 생각이 났어요. 육체의 건강이 제 결정장애의 악화에 영향을 미치나요? 몸과 마음이 따로따로가 아니니 아마 그럴 수도 있겠지요?
교직에 들어와 체력이 점점 떨어지고 면역 기능이 약해진 느낌입니다. 아직 그럴 나이는 한참 먼 것 같은데 말이지요. 아무래도 학생들 입맛에 맞춘 급식으로 매일 점심을 해결하다 보니 몸이 산성화되고 면역력이 약해지는 것 같기도 합니다. 홀로 자취 생활을 하다 보면, 아침엔 우유에 시리얼, 저녁엔 국 하나 끓여 간단히 먹거나, 감자나 고구마를 찌거나, 사과 한 알에 견과류 한 봉지 같은 식으로 넘어가는 경우가 많거든요. 그러니 밥과 국에 세 가지 찬으로 이루어진 한식은 급식이 전부인 셈인데, 해가 갈수록 생선도 잘 안 나오고 반찬 구성도 아이들 취향이 되어가는 느낌입니다. 급식 업체에서도, 학생들 만족도 조사 결과에 사실 신경을 쓰지 않을 수 없겠지요.

언제 끝날지 모르는 자취 생활인데, 저녁도 제대로 챙겨 먹고, 나물 같은 것 골고루 무쳐서 집에서도 먹고 도시락으로 싸 와서 건강하게 먹어보자 마음먹기도 했어요.

그런데 그런 작은 일상조차 결정하기 어렵습니다. 점심시간의 교류라 해봐야 식사하며 이런저런 얘기 나누는 정도이지만, 그것도 어쨌든 친교 활동이고 다른 교과목, 다른 학년, 다른 부서 선생님들과 얼굴이라도 익히고, 때때로 간단한 고민거리를 해결하기도 하고…… 그런 자리인데, 이어폰으로 음악 한 곡 재생시키며 도시락 먹을 생각을 하니 좀 망설여지기는 했습니다. 지금보다 이십 분쯤 빨리 일어나, 자식이 있는 것도 아니면서 나 혼자 끼니 해결하자고 그날 먹을 도시락을 싸보겠다는 결심도 쉬운 것만은 아니었고요.

인간이란 그 무엇을 다 떠나서 주기적으로 배를 채워주어야 하는 존재라는 것, 그것에 문제의 본질이 있는지, 인간이란 숱한 관계 속에 금방 싫증을 내고 공허를 느끼면서도 너무 쉽게 고독을 느끼고 고립감을 느끼는 나약한 존재라는 것, 실은 그것이 더 문제인지…… 펜을 멈추고 저는 한참을 생각해보았습니다. 이것도 결정이라면 일종의 결정이겠네요.

비는 소리도 없이, 가만히 그친 것 같습니다.

보수는 적더라도, 그 누구보다 윤리적인 일을 하고 싶어 교직에 들어왔는데요, 가끔은 제 윤리라고 하는 것도 자주 흔들리고, 그 실체조차 의심스럽습니다.

'과목별 세부능력 및 특기사항'이라고요, 수시전형에서 좀 중요하게 다루어지는 생활기록부 내의 항목이 있어요, 선생님. 말 그대로 그 교과목을 공부하는 과정에서 한 학생이 발휘한 세부적인 능력이나 특이점을 기재해주는 영역이지요. 사실 그대로 쓰자면, 따로 기재해주고 싶은 학생들은 사실 손으로 꼽을 정도입니다. 그마저도 제가 토론 수업이나 발표 수업, 보고서 작성 과제 같은 것을 적극적으로 구상했을 때나 나오는 것이지요. 수업을 얌전히 잘 듣고 궁금한 것을 잘 물어본다, 정도로 적을 수는 없으니까요. 한 절반 정도의 학생들은 그래도 뭐라도 적어주자고 마음먹으니 그럴싸한 말로 부풀리는 과정이 필연적으로 나올 수밖에 없는데요, '다들 그렇지 뭐, 다들 그렇다는 거 대학에서도 아니까 실은 다 감안하고 볼 거야' 하면서도 저는 판단할 수 없습니다. 윤리적인 잣대, 라고는 했지만 실은 거짓이 싫어서인지, 귀찮아서인지, 대체로 그 기록이 의미 없는 학생이 많다는 걸 알아서인지, 그냥 흐름에 따르기 싫어서인지…… 그조차도 판단이 어렵습니다.

그러니 해마다 담임교사를 맡아야겠다고 결심하는 일은 좀 더 어렵습니다.

담임교사를 맡으면 자율활동 특기사항, 진로 관련 기록, 교사의 종합의견 등등을 더 기재해야 하니까요. 적어나가다 보면 거기에 어김없이, 어느 순간 제가 알지 못하는 어떤 바른 학생이 담겨져 있게 되니까요. 뿐만 아니라 어린 학생들의 인생에 아무 확신 없이 개입한다는 느낌이 교과 담당교사보다는 더 진하게 드는 일이기도 하지요. 교사의 본업 아닌가요, 하신다면 할 말 없지만 세세하게 신경 써야 하는 일도 끝이 없고요.

하지만 이 역시 피하기 어렵지요. 젊은 교사로서 오 년 중 삼사 년은 담임을 맡아야 한다는 관행, 성과상여금이 담임교사들보다 적다는 것, 그리고 그것이 어쩌면 안정적인 고용이나 근무평정에도 영향을 주리라는 것, 사람들의 구설에 오르내릴 수 있다는 부담 등등 그렇게 단순한 문제는 아닙니다. 적어나가다 보니 결정장애 말고도 제겐 어쩌면 여러 가지 마음의 병이 있을지도 모른다는 생각도 듭니다, 선생님.

마음의 병……

선생님, 신경정신과를 찾는 학생들이 최근 유의미하게 늘지 않았나요, 혹시?

요즘에는요 선생님, 생활부에 근무하다 보면 주먹다툼 같은 단순 폭력사안은 확 줄어든 반면, 사이버 공간에서 내 욕을 했다, 없는 말을 했다, 내게 모욕을 주었다, 내 과거를 퍼뜨렸다…… 같은 일로 학교의 판단을 요청하는 사안들이 많아졌습니다. 조사하다 보면 별것 아닌 일들도 물론 많아요. 마음의 병, 아닐까 조심스럽게 생각해보는데요. 무엇이 우리를 이렇게 날카롭게, 방어적으로 만들었을지요. 무엇이 우리로부터 좀 더 여유롭게 기다려주고, 상대의 해명을 들어주고, '역지사지'해보게 하는 힘을 앗아갔을지요. 그렇게 정신적인 안정과 평화가 없는 젊음들이니 담임 노릇이 더 무겁습니다. 가엾고 안타깝고, 때로는, 혹시 마음의 병이 깊어져 몰래 모진 결정이나 내리지 않을까 조마조마하고요.

선생님, 선생님께서도 최근 입시 정책이 갈팡질팡하고 있는 현실을 어느 정도는 알고 계시겠죠? 저는 정부가 발표한 입시 개편안이 좋은 건지 안 좋은 건지 잘 판단할 수 없습니다. 어떤 지점에서 혼란을 겪는지 선생님께 일일이 말씀드릴 필요는 없겠지요.

개편안이 가진 장점과 단점이 둘 다 결코 적지 않아서 판단이 어려운 것도 있지만, 자꾸 우리 학교 학생들에게 유리한 정책인가를 따지게 됩니다. 뭐 영원히 그 학교 교사로 남을 것도 아니면서 말이지요. 교직원 식당에서 대화를 나누다보면 첫마디부터 "그렇게 되면 우리 학교 애들은 확실히 불리

하지", 하고 운을 떼는 동료들이 사실 적지 않긴 해요. 아마 곧 결혼이라도 하게 된다면 '과연 내 아이에게 유리한 정책일까'부터 언뜻 떠오르겠죠, 그땐 그야말로 자동으로, 본능적으로요.

또 있어요. 내 학교, 내 아이에게 매몰된 판단이야 인간적이기라도 하지, 저도 모르게 종종 눈치를 보게 됩니다. 우리 사회의 모든 문제가 거의 그 지경이지만, 입시 정책에 대한 입장 역시 이미 대체로는 편 가르기가 끝나 있잖아요, 선생님.

정시파냐 수시파냐, 흔히들 그러지만 실은 여러 수시가 있답니다, 선생님. 이런 수시는 가급적 축소해야 하고, 저런 수시는 가급적 유지하거나 더 확대해야 하는 건데, 너는 지지 쪽인가 반대쪽인가 묻고는 더 들으려고도 하지 않아요. 심도 있게 얘기도 안 해보고 피로를 느끼는 꼴입니다. 자세한 건 모르시더라도 선생님 역시 공감하시리라 믿어요. 의학계의 의견 대립에도, 제가 잘 모르긴 하지만 그런 일들이 있을 수 있겠지요.

제가 정부 개편안에 어떤 견해를 갖는지 표명하는 일에 보수적인 인간 혹은 진보적인 인간이라는 색깔이 덧입혀지는 순간이 무척 싫습니다. 그래서 말을 삼키기도 하고, 눈치 보며 절반쯤 뱉었다가 분위기가 우호적이면 논리를 더 이어가 보지요. 사회 선생이라는 자가, 삼십대라는 자가 그러고 있는 꼴이 참 싫어요.

……적어나가다 보니 온갖 정신적 열패감의 종합선물세트 같습니다.

객관적인 평가가 어려운 토론 수행평가를 계속해야 할지, 과연 계속할 수 있을지도 잘 알 수 없습니다. 사회 교과목엔 학생들이 다양한 견해를 개진해보고 토론해보면서, 어떤 현상의 양면을 스스로 판단해보는 과정이 중요한 내용들이 많습니다.

하지만, 선생님께서도 짐작하실 수 있듯이 토론의 준비 과정, 진행 과정, 토론 결과 발표 내용 등등을 학생들 모두가 수긍할 수 있는 점수로 수치화한다는 것이 쉬운 일만은 아닙니다. 저 스스로도 찜찜할 뿐 아니라, 채점의 근거를 요구하며 결과를 받아들이지 못하는 학생들 앞에 이런저런 감점 요인들을 펼쳐놓는 순간도 피로하고 싫어집니다. 그러나, 그 의의만 바라보자면 소신껏 이어가야 하는 평가이지요.

언젠가 제가 근무하는 사무실로 학생 하나가 와서 항의하는 과정을 지켜보던 동료 선생님께서 "힘들더라도 꿋꿋하게 밀고 나가봐요, 주영 쌤. 벌써 밀리면 그냥 아무것도 못합니다. 나중엔 항의가 없어도 내가 번거롭고 귀찮아서라도 그런 수행평가 구상 못해요" 하고 힘을 실어주시긴 했어요.

그저 어린 학생들의 옹졸한 억울함에 맞서는 일이기만 한다면 얼마든지 감당하겠는데, 실은 제 스스로도 이런 도저한 인터넷 환경 속에서의 '자기 견해'라는 것에 가끔은 회의적입니다. 토론 때 열심히 의견 개진을 하는 학생들을 보면 기특하다 싶다가도, '어디까지가 자기 생각일까?' '내가 모르는 어떤 근사한 에스엔에스 상의 논리를, 점수 잘 받으려고 열심히 외워온 건 아닐까?' 때때로 비틀린 마음이 됩니다.

저 역시 시간이 흐를수록 여러 의견의 홍수 속을 허우적거리다 보면, 내가 '사회'를 가르친다고는 하지만, 실은 우리가 '두 개의 사회'에 살고 있는 건 아닐까 싶어집니다. 보고 싶은 것만 보고, 듣고 싶은 것만 듣는 사회에서 '현실을 보는 눈' 따위가 다 무슨 소용이랴 싶기도 하고요. 그러면 아예 근본으로 돌아가 제가 택한 전공 자체가 오류였다는 쓸쓸한 결론에까지 이르기도 합니다. 정말 답이 안 나오는 환자이지요, 선생님?

선생님, 저는 요즘 같은 학교에 근무하는 한 살 많은 과학 교사와 연애 중입니다.

하지만 이 역시, 계속 이어가야 하는지 판단할 수 없어요. 그저 일터에서 눈에 띄는, 보기 힘든 미혼남으로서 자주 얼굴 보아 정이 든 건지, 혹은 그저 제가 안정적인 결혼을 원하고 있기에 기본적인 호감을 깔고 다가가고 있는 건지 알 수 없어집니다. '그'와 때때로 맞지 않는 부분이 느껴질 때면, '그' 역시 나를 단지 안정적인 결혼 생활을 할 만한 무난한 파트너로 여기고, 어느 정도는 맞춰가려고 애쓰며 이 관계를 이어가는 건 아닐까, 싶어집니다. 한눈에 매혹된 관계가 아니기에 그런지도 모르지요. 그러나 스무 살 철부지처럼 "오빠 나 진짜 사랑해?" "자기는 내가 어디가 그렇게 좋은데?" 할 수도 없는 노릇입니다. 결혼 문제에 대해서는 판단을 보류하고 싶다가도, 결혼 없이 이 연애가 계속된다고 생각하면 그 역시도 왠지 답답하고 정체된 느낌입니다.

데이트할 때, 아무래도 학교 얘기를 화제로 올려 대화하게 되는데요, '그'와 결혼하여 평생, 밥상머리에서건 여행지에서건, 학교 얘기, 교육 문제로 대화할 생각을 하면 약간은 아찔해집니다. 한국 사회에 대해, 삶과 인생에 대해, 인류의 미래에 대해 뭔가 거창한 성찰을 하며 살아갈 건 아니지만, 여덟 살 때부터 시작된, '학교생활'이라는 거대한 온실 속에서 평생 지내는 기분이라고나 할까요. 온실이 낡았는데 개보수도 안 한다거나, 온실 속 온도와 습도가 예전 같지 않다거나…… 뭐 그런 작은 것만 보면서, 세상의 더러움과 찬바람과 폭풍우와 이상 기후를 모른 채, 혹은 모르는 척하는 채, 손바닥만 한 인간으로 살다 죽는 것 같은 느낌입니다. 선생님 앞이니 이런 말도 그냥 편히 하겠습니다.

실은 '그 남자'가 문제가 아니라 결혼 자체가 문제입니다, 선생님.

결혼해도 이 일을 열정적으로 계속할 수 있을지, 저는 알 수 없습니다. 언젠가, 모든 일을 좀 비판적이고 때로는 냉소적으로 바라보는 한 동료 선생님이 "윤주영 쌤은 제발 엄마 선생 좀 되지 마세요. 갈수록 학교에 엄마 선생들이 늘어서 출근할 맛이 안 나" 그랬습니다. 제가 '엄마 선생'이 무어냐고 묻자 "본업은 엄마고, 남는 시간에, 부업으로 학교나 왔다 갔다 하는 선생들"이라고 했어요.

다들 무슨 전투 치르듯 열심히 두 역할을 하고 계신데 너무 심한 말이다, 싶다가도 두려움이 생기는 것이 사실입니다. 내 아이, 내 남편이 더 우위에 있고 남는 에너지를 겨우 짜내어 쓰고, 매달 월급날이나 기다리는 사람이 되지 않을지요. 그러므로 딱 이 사람이다, 싶지 않으면 결혼하지 말아야 하는 것 아닌가 모르겠습니다.

슬프게도, 당연하게도 이러한 의심과 두려움조차 강하지는 않아서 당찬 '비혼 선언'도 하지 못합니다. 생각해보니, 또 '비혼'까지는 아닌 듯도 하고요.

선생님, 이제 겨우 사 년 차 직장인인데요,

결정적으로 이렇게 우유부단하고 갈팡질팡하는 채로 이 일을 계속해야 하는지도 어쩌면 판단하기 어렵습니다. 삼 년씩이나 공을 들인 일이니, 게다가 정규직에다가 공무원 신분이니 제가 어떤 모진 결단을 내릴 수 있을 것 같지는 않습니다.

만약 정말로 모질게 마음먹고 사직서를 쓴다면, 저는 병원 치료는 그만 받아도 될 것 같고, '그'와는 안녕을 고하게 될 것 같아요. 그렇게 된다면 저는, 마지막으로 한 번만 오래 고민하여 학문적으로 어떤 분야를 더 파고들고 싶은지 결정한 다음, 박사 과정을 밟고 싶습니다. 생활의 문제는…… 뭐 어떻게든 되겠지요.

왜 선생님께서 일단 써보라, 하셨는지 알 것 같아요.

치료는, 오래 걸릴 듯도 하고, 무척 싱겁게 끝나버릴 듯도 합니다. 숙제로 내주신 일이긴 하지만, 아무려나 미숙한 사회 초년생의 시시한 고백을 읽어주셔서 고맙습니다.

퇴근 후 옷만 갈아입고 앉아, 스탠드 불빛 하나만 밝힌 채 편지지 아홉 장에 긴긴 편지를 써내려간 주영 씨는 이제야 집 곳곳에 불을 켜고 두 팔을 쭉 뻗어 스트레칭을 했다. 스무 살부터 시작된, 홀로 꾸려가는 서울살이에 또 한 번의 익숙한 어둠이 내려져 있다. 긴긴 고백을 하고 나서인지, 이제는 낯익을 법도 한 고독이, 문득, 잠시 사무친다. 어쩌면 이 느낌이 싫어, 머지않은 미래에 결혼으로 도피하게 되는지도 모른다고, 주영 씨는 담담히 생각해본다. 큰 숨을 내쉰 뒤 휴대폰을 집어드니 '오늘 하루 어땠어?'라는 연인의, 습관적인 안부 톡이 도착해 있다.

무슨 답장을 쓸지, 아니 답장을 쓰는 게 좋을지,
어김없이, 주영 씨는 결정할 수 없다.

말의 행간을 생각하고 싶지 않은

헤수 씨

누군가에게 겨울은 크리스마스로 오고, 또 누군가에게 겨울은 연말 보너스로 오고, 혹은 김장으로 오고, 나이 먹는 일의 서러움으로, 혹은 새로운 학년의 기대감으로 올 것이다. 혜수 씨에게 겨울은 면담과 함께 온다.

혜수 씨는 괜스레 수첩을 펼치고, 펜을 꺼내어 무슨 메모할 내용이라도 있는 양 펜 꼭지를 누르고, 찻잔을 한 바퀴 빙글 돌려 손잡이를 고쳐 잡은 다음, 잔이 비어 있는 걸 확인하고는 멋쩍어져 다시 내려놓는다. 그러곤 상대방이 눈치채지 못할 정도로 얕게, 여러 번 나누어 한숨을 내뱉는다.

부장 교사 선임은 교장의 일이지만, 일단 고사한 사람이 있으면 한 번쯤 더, 특히 고사한 사람이 여교사라면 말할 것도 없이 한 번만 더 만나 조곤조곤히 대화 나누어보라는 명이 떨어진다. 대인 관계에 어려움을 겪어온, 하여 학생들에게 다가가는 것조차 어느 순간 버거워져 교감이 된 혜수 씨에게 '조곤조곤히'라는 지시는 너무도 무겁다. '조곤조곤히'라니……보름간 생각할 시간을 달라고 한 다음, 내가 그렇게 밝은 사람은 못 되어 얼마나 행복한 결혼 생활을 할 수 있을지 자신할 순 없지만, 그래도 한번 용기 내어 네 손 잡아보려 한다는 말을 어렵게 꺼낸 25년쯤 전, 그러니까 서툰 청혼 수락의 순간을 뺀다면 남편이나 혈육에게조차 무언가 조곤조곤 털어놓은 기억이 없다. 몇 날 며칠에 걸쳐, 야근을 해야 수행할 수 있는 문서 처리에 대한 지시였다면 차라리 군말 없이 시원하게 해치웠을 터였다.

"부장 자리 고사하셨다고요?"

"예. 교감 선생님께서 달리 설득하신다 해도 변할 건 없습니다. 아직은 제가 할 수 있는 일이 아닌 것 같습니다."

"내년에 출산하시는 분, 파견 근무 나가시는 분 등등해서 학교 운영이 여의치가 않아요. 한창 일하실 나이고, 교장 선생님께서도 인정하실 만큼 능력도 충분히 되는데, 도와주신다는 마음으로 결심을 좀 해주시면 정말 고맙게 생각하겠습니다."

"학교 상황이 쉽지 않다는 건 잘 알지요. 하지만 제가 제 할 일을 게을리하겠다는 건 아니지 않습니까?"

"그러면 부장만 아니라면 무슨 일이든 하실 수 있다는 뜻으로 생각하고 업무분장을 구상해도 되겠습니까?"

"그건 아니지요, 교감 선생님. 그러면 업무분장 희망서를 왜 받습니까? 저도 고심해서 작성한 1, 2, 3지망이 다 있는데요? 말씀 그렇게 하시면 안 되지요."

인간관계의 폭이 넓지 않고, 사적으로 누군가와 시시콜콜 마음 편히 떠들어본 경험 자체가 많지 않으니 자꾸만 말실수를 한다. 학교로서는 욕심을 낼 만한 여교사가 부장 교사 자리를 고사한다 하기에, 무엇이라도 맡겨 인사 문제에 숨통을 좀 틔우고 싶어 생각 없이 툭 던진 말에, 야무진 그녀는 여지없이 발끈한다. 사교적이고 적극적인 여자이니 또 어딘가에서 '이혜수 교감 그 여자는 어쩜 무슨 말을 해도 그렇게 밉상일까'가 도마에 오르고 있을 것이다. 생각하고 싶지 않다.

관자놀이를 꾹 눌러 두통을 좀 날려버린 다음, 결재할 공문서가 있나 확인하려고 컴퓨터 화면을 띄웠는데 학내망에 의견이 하나 올라와 있다. 얼마 전, 혜수 씨 학교가 내년도에 고교 학점제 시범학교를 운영해보려고 운영 계획서를 시 교육청에 제출하게 되었는데, 시범학교 운영을 결정하는 과정에서 교사, 학생, 학부모의 의견 수렴 절차가 충분치 않았다는 항의성 의견 표출이었다.

혜수 씨에게 오늘은 아무래도 좀 가혹한 날이지 싶다. 교감으로서 무언가 한마디 적절한 회신을 하면 좋을 듯한데, 이 역시 피하고 싶은 일이다. 아침에 한차례, 유쾌하지 않은 면담을 한 탓에 그 글을 띄운 교사를 불러서 대화하고 싶지는 않다. 그렇다면 역시 간단하게라도, 글로라도 반응을 보여야 할 터였다. 즐겨 듣는 클래식 목록에서 적당한 곡을 선곡하여 두 번 반복해서 듣고, 교감실을 다섯 바퀴 정도 천천히 거닌 다음, 결국 아무 알맹이 없는 글을 회신했다. 혜수 씨가 읽어도 상식적이고 무성의한 답이었으나 오늘 혜수 씨는 유난히 우울하고 아무 기운이 없었다. '학교로서는 의견 수렴을 한다고 한 것인데, 아무래도 신청 마감일에 쫓기다 보니 부족한 점이 있었던 것 같다, 혹시 우리 학교가 지정되어 운영하게 되면, 실제 운영 단계에서는 선생님들의 의견에 충분히 귀 기울이겠다⋯⋯' 사과로 끝맺을까 하다가, 사과할 사안인지 잘 판단이 서지 않고 뭔가 없어 보이는 듯해 지워버린다. 사과에 인색한 교감으로, 또 어디선가 구설에 오르고 있을지도 모른다. 습관적인 사과보다야 낫지 않을까 생각하기로 한다.

발신 버튼을 누르기 전에, 교사의 항의에 대해 내가 교감으로서 이런 노력을 하고 있다는 걸 드러내기 위해 참조자에 '교장'을 넣었다가, 회신하는 내용에 혹시 백 퍼센트 공감하지 못할 수도 있다는 생각에 다시 교장 이름을 지운다. 그러고 있는 꼴이 스스로 가여워, 혜수 씨는 차라리 피식 웃고 만다.

곧 겨울방학이 온다. 얼마 전 교장은 점심 식사 중에 지나가는 말로 방학 중 근무 문제를 의논했다. "보름 넘게 어디 유럽이라도 가신다거나, 그런 건 좀 생각해봐야 하겠지만, 저랑 상의해서 며칠은 쉬세요. 제가 출근할 수 있는 날이면 국내 가족 여행이라도, 아니면 친정에라도 다녀오십시오. 저도 그렇지만 나이 먹으니 부모님이 아주 돌아가면서 병원 신세를 지시더라구요. 물론 매일 나오시면야 저는 좋지요. 학교에 교장은 없어도 교감은 있는 게 좋아요. 제가 교장이라서 이런 말씀 드리는 건 아니고요. 실은 제가 교감으로 근무할 때 제가 모신 교장 선생님한테 들은 말입니다, 허허허."

이 말의 행간 역시 혜수 씨는 알 수 없다. 내성적인 성격에 말주변도 없어 각종 친교 모임도 거의 없고, 요리책을 보며 다채로운 요리를 만들어본다거나 계절별로 집안 인테리어에 변화를 준다거나, 한 가지 정도 악기 연주를 익혀본다거나 하는 일에도 소질도 흥미도 없어, 그러니까 남들은 손꼽아 기다린다는 방학이, 아이들이 어느 정도 자란 후부터는 혜수 씨에게는 실은 적잖이 부담스러워 준비한 장학사 시험이었다. 그러나, '물론 매일 나오시면야 저는 좋지요'에 실린 무게를 혜수 씨는 가늠할 수 없다. 어쩌면 자의 반 타의 반으로 매일 출근해야 할지도 모른다 생각하니 좀 숨이 막히기는 한다.

그러나, 혜수 씨 스스로, 한숨을 쉬며, 출근해야 할 이유를 스스로 찾으려 애쓰며, 교장이 기대하는 것 이상으로 꾸역꾸

역 모범적인 출근을 하리라는 것을 잘 알고 있다. 욕지기가 치미는 것 같기도 하고, 스스로 좀 가여워지는 것 같기도 하고, 스스로가 미워졌다가 다시금 한심해지는 것 같기도 하고, 휴대폰으로 개인 일정을 확인하면서 명확하게 혜수 씨가 쉴 수 있는 날을 지정해주지 않은 교장의 행동이 좀 짜증 나기도 하고, 그럼에도 이 모든 것이 어쩌면 습관적인 반응이리라는 것도 슬프게 알고 있다. ⋯⋯아무렇지도 않다.

공문서 몇 개 열어보고 나니 벌써 열한시 반이다.

늘 겪는 일이지만, 혜수 씨에게는 아주 중요하면서도 부담스러운 일과가 기다리고 있다. 잊지 않기 위해 휴대폰 알람 설정까지 해두었다. 3교시가 끝나는 열한시 십분부터 대략 이십여 분 정도 지날 때까지가 4교시가 비는 교사들이 일찍 식사를 하기 위해 식당으로 내려오는 시간대이다. 이 시간대를 피해 교장실에 들러 교장을 모시고 식당으로 향하는 일이 혜수 씨의 중요한 점심 일과다. 공식적으로는, 아무도 이것이 교감의 업무다, 라고 말해주지 않았고, '매일 나와 얼굴 맞대고 식사하는 일이 교장은 즐거울까' 하고, 잠 안 오는 밤이면 생각해보기도 하지만, 평교사 시절 혜수 씨가 식당에서 보았던 장면 그대로, 그렇게 점심 일과를 수행하고 있다.

때때로, 1층으로 천천히 발걸음을 옮기며 편하게 대화할 만한 화제를 떠올려보기도 한다. 오늘은 그러나 아무 화제도 일부러 떠올리고 싶지 않고, 떠오르지도 않는다. 소화나 잘되었으면 좋겠다고 혜수 씨는 생각한다.

그래도 학교 식당은 좀 낫다. 어디에 앉아야 할지 고민하지 않아도 되고, 낯선 식당에서 흔히 챙겨야 하는 자잘한 업무가 혜수 씨 몫이 아니기에 그 무거움이 크지는 않은 것이다. 때때로, 각종 협의회 등에 동석할 일이 있으면 협의회 자리가 있는 식당까지 승용차로 모시고, 식당에서는 적당한 중앙 자리를 지정해드리고, 수저를 챙기고, 부족한 밑반찬이 없는지 살피고…… 하는 일들로 혜수 씨는 쉽게 지친다. 이성의 교장은 이성이라 어렵고, 동성의 교장은 여성 특유의 예리함과 섬세함으로 나를 속속들이 지켜보고 평가하고 있겠지, 하는 생각에 더 어렵다.

교장이 동석하지 않는 식사 자리에서 어떤 부장 교사가 혜수 씨의 자리를 지정해주면, 혜수 씨는 때때로 그 자리를 가볍게 거부하는 것으로 교장과 함께하는 식당에서의 스트레스를 남몰래 풀기도 한다. 개도 웃지 않을 일탈이다. 그러면서도 말 많은 교직 사회에서 아무것도 아닌 일로 구설에 오르기는 또 싫어서, "나이 먹으니 방광에 문제가 생겼는지 화장실에 자주 가야 해서 끝자리가 좋아요", 실없이 웃으며 쓸데없는 소리를 덧붙인다. 그러면서 학교에서, 아마도 조금은 냉소적인 의미일 것이 분명한 별명으로 '맏며느리 부장'이라 불리는 여자 부장이, 교감이 앉을 자리 따위는 신경 쓰지 말고, 혜수 씨를 챙기지도, 그렇다고 몰래 미워하지도 말고, 마음 편하게 살았으면 좋겠다고, 답 없는 바람을 품어보는 것이다.

그러나, 혜수 씨를 향하는 그녀의 손짓과 미소는 교장을 향하는 혜수 씨의 손짓과 미소를 무척 닮아 있다. 많은 세월이 흐른다 해도, 어쩌면 이 동네만은 이 서글프고 지긋지긋하고 불쌍한 의전의 세계를 쉽게 벗어나지 못할지도 모른다.

오후 한시.

나잇살이 붙는 듯해, 얼마 전부터 오후 한시쯤부터 졸음도 쫓을 겸 소화도 시킬 겸 학교 곳곳을 좀 돌아다녔었는데, 안 좋은 소리가 좀 들려와 그만두었다. '결재나 빨리빨리 해줄 일이지 교장도 아니면서 너무 나댄다, 나는 거의 매일 5교시가 있는데 감시하는 것 같아 부담스럽다……' 하는 소리가 건너건너 들려온다. 수업 중인 교사와 가급적 눈을 마주치지 않으려고 복도 바닥만 보고 걷다가 애꿎은 쓰레기나 주워 올리거나, 일부러 운동장 쪽과 강당 쪽 등 학교 외곽을 중심으로 돌다가 혜수 씨는 때때로 울컥할 때가 있다. 불명예스럽게 물러난 나약한 어느 여자 대통령처럼, '내가 이러려고 교감이 되었나' 싶은 것이다. 아무도 알아주지 않을 혼자만의 반발심에 오늘은 용기 내어 1학년 교실부터 찬찬히 돌아본다. 고개도 숙이지 않는다. 그러나 걸어도 걸어도 점심 먹은 것이 내려가지 않는다. 부장 후보 교사 면담도, 학내망에 대한 회신도 다 마음에 들지 않았던 모양이다.

사회성이 떨어지고 내성적인데다가, 무엇보다 성량이 크지 않아 사범대학은 생각도 하지 않았다. 많은 사범대 진학 스토리가 그러하듯, 부모님의 권유로 혜수 씨는 사대에 진학하게 되었다. 순종적인 편이었고, 설령 사춘기 특유의 자의식으로 순종하고 싶지 않았다 해도 자신만의 의지를 뚜렷하게 내세우는 편은 못 되어 그냥 흐름에 따랐던 것 같다. 사범대 아닌 다른 진로에 대한 강한 열망도 실은 없었다.

수학을 좋아하고 잘했던 혜수 씨는 수학교육과에 진학했는데, 사범대에 진학하고서도 혜수 씨는 자연대 수학과 석사 과정에 진학하여 공부를 이어가고 싶었다. 미분을 거듭하면 결국 제자리로 돌아가고 적분도 거듭하면 다시 제자리가 되는, 음이 양이 되고 양이 음이 되는 이 철학적인 세계에 혜수 씨는 깊이 매료되었다. 대학 진학 후에도 계속 진로 고민에 힘들어하는 혜수 씨의 그늘을 알아봐주고 챙겨주고 연민해준 혜수 씨의 오랜 남자 친구 역시 계속 공부하고 싶은 뜻을 내비쳐, 결국 혜수 씨가 공부를 포기하게 되었다. 두 집안 모두, 공부하는 부부를 오랜 세월 지원해줄 수 있는 여건은 못 되었다. 공부는 아니지만, 주로 문서를 들여다보는 일이니 비슷하지 않나, 이제 와서야 혜수 씨는 조금쯤 마음을 편하게 먹고 있다. 자괴감과 무력감에 시달리던 평교사 시절에는 자주 마음의 격랑을 다스리기 힘들었었다.

　예상했던 대로, 혜수 씨가 꿈꾸던 일이 아니었기에 교직에 적응하는 일이 너무 어려웠다. 무엇보다 성대결절이 발목을 잡았고, 어린 학생들의 생각 없는 언행에 쉽게 상처받고 좌절했다. 동료 교사들과 원만한 인간관계를 맺는 것도 쉽지 않았고, 무엇보다 혜수 씨가 가르치고 지도해야 할 학생들이 대적해야 할 적군들같이 느껴졌다. 언론에서 학교 붕괴, 교실 붕괴 얘기가 나오기 시작하던 시절이었다. 때때로 그냥 무서웠고, 어떤 날엔 몰래 혐오스러웠다. '이런 마음으로 내가 어떻게 이 학생들에게 긍정적인 영향을 준단 말인가.' 시간강사를 거쳐, 오랜 세월 전임강사로 지낸 남편을 대신해 생계를 짊어진 입장이었으므로 그저 버티는 심정으로 세월을 흘려보냈다.

　성대결절이 가라앉고, 한 톤 굵어진 목소리를 새로 얻은 채, 혜수 씨의 성대가 적응하듯 교직에 대한 자괴감과 무력감에도 그럭저럭 낯을 익혀갈 무렵엔 권태가 찾아왔다.

　늘 바쁘게 살아온 혜수 씨였다. 집안 형편이 넉넉지 않아, 대학 시절에도 늘 중고등학생들에게 수학을 가르쳤고, 부모님으로부터 임용고시 재수를 지원받을 수 있는 상황이 아니었으므로 한 번에 시험에 붙으려고 잠을 줄여가며 공부했다. 육아휴직 한 번 하지 않고, 아이들 두 돌까진 육아 도우미를 써가면서, 두 돌 이후부터는 동동거리며 어린이집 오가면서 아들과 딸, 두 아이를 낳아 길렀다. 어느 순간, 두 아이가 각자의 방에서 자기 시간을 보내고 학원을 바삐 오가며 자아를 키워가고 진로 계획을 스스로 세워가면서, 문득 방학이 싫어졌다. 혜수 씨가 치를 떨던 그 분주함에 스스로 얼마나 길들여져 있었는지, 그 분주함이 실은 혜수 씨를 철들게 하고 키워준 게 아니었는지, 혜수 씨는 아득해져서 헤아려보게 되었다. 방학이 싫어졌고, 방학을 예고하는 더위나 추위가 시작되는 것부터 부담스러웠다. 그래서였는지, 이삼십대엔 무던히 잘도 견뎌내던 여름과 겨울에 해가 갈수록 진저리를 쳤다. 유난히 더워하고, 유난히 추워했다. "엄마, 뭐라도 하세요. 방학이잖아요" 하며 훌쩍 커버린 딸이 조언이라도 건네면, "애, 이렇게 추운걸" "가만있어도 더워 죽겠는데 뭘 하겠어?" 하며, 철이 다 든 딸을 물끄러미 응시했다.

가끔 수학 책을 들여다보기는 했지만, 이러다가 조기 치매가 찾아오는 건 아닌가 싶어질 무렵, 전문직 시험을 준비하게 되었다. 공부, 시험 준비, 암기, 책의 논리를 골똘히 곱씹어보는 일에는 열다섯 살부터 능했고 적응할 필요도 없이 좋아한 일이었기에 별다른 어려움 없이 시험에 붙었고, 기쁘다는 느낌보다는 다행스럽다는 느낌이 앞섰던 기억이, 혜수 씨에게는 쓰리게 남아 있다.

교사도 교장도 아닌 교감으로서 채워나가는 하루하루……

때때로, 대학 입학 연도를 밝혀야 할 때마다, 상대방이 혜수 씨에 대해 갖게 될지도 모를 편견이나 선입견이, 혜수 씨는 부담스럽고 싫어진다. 혜수 씨는 민주주의의 열풍으로 여름을 더 뜨겁게 불태운 그해, 대학에 입학했다. 입학한 지 불과 석 달여쯤 뒤, 매우 어정쩡하고 애매한 형태로 그 대열의 끄트머리에, 혜수 씨는 잠시 서 있었을 뿐이다. 역사가 바뀌고 있다고 느꼈고, 아무 확신 없는 갓 스무 살 신입생이었지만 그 대열에 미약하나마 힘을 보태고 싶었다. 그러나 그뿐이었다. 유월이 정신없이 흘러가고, 대형 영정그림 속 유난히 눈썹이 짙은 잘생긴 청년이었던 것으로 기억되는 어느 젊음의 죽음 앞에 머리를 숙인 그날, 혜수 씨는 내게 다시는 이런 식으로 거리에서 보낼 학기는 없을 거라는 걸 담담하게 예감했다. 대열 속에서 친구 손을 놓치고, 따가운 햇살을 피하려고 긴팔 셔츠를 입고 나갔었기에 쉴 새 없이 땀이 흘러내렸고, 거대한 대열 속에서 슈퍼마켓 같은 걸 찾을 수도 없었고, 그 대열을 뚫고 홀로 다른 방향으로 나아가기도 힘들어 숨 막히는 갈증을 견디며, 이미 말라버린 침을 삼키고 또 삼켰던 기억이 있다. 갈증 때문이었어, 라고 한다면 우스운 말이겠지만, 그리고 그 때문만은 아니었겠지만, 혜수 씨 몫은 아니리라 생각했다. 스스로에게 실망한 것은 아니다. 다만 좀 어지럽고 버거웠다.

그러나, 그 희미한 기억이 때때로 혜수 씨를 불편하게 한다. 대통령이 바뀌고, 교육감은 더 자주 바뀌고, 교육 정책도 그에 못지않게 자주 옷을 갈아입는 와중에, 혜수 씨는 그저 위에서 내려오는 지시와 정책에 발을 맞추어 하루하루 바쁘게 적응하고 살아내고 있는 것이다. 다만, 아무 생각 없이, 결과적으로, 본의 아니게, 혜수 씨 자신의 손으로 힘써 악에 복무하게 되지 않기를 간절히 바랄 뿐이다. 판단해보려 하고 성찰해보려 하나, 혜수 씨는 어느덧, 새로운 자료집을 꺼내어 형광펜으로 줄을 긋고 메모를 하고 있다. 혹여라도, '이건 좀 아니지 않나' 싶은 판단이 설 때, 혜수 씨의 위치와 가치관 사이에서 고통당하고 싶지 않아 피해 가고 있는 건지도 모른다. 아니면 이미, 아무 판단도 성찰도 없는 낡아빠진 관리자로 진입해버린 것인지도.

교감실 전화기에 낯익은 휴대전화 번호가 뜬다. 또다시 두 통이 밀려든다.

얼마 전, 2학년 남학생 하나가 사회탐구 이동수업 때 늘 옆자리에 앉게 되는 학생에게서 담배 냄새가 심하게 난다고 생활인성부에 신고를 한 적이 있었다. 1학년 때 두 번씩이나 교내 흡연으로 적발된 적이 있는 녀석이었다. 흡연 문제가 아니라면 교칙을 잘 지키며 조용히 지내는 학생이었고, 담배를 끊기 위해 녀석이 얼마나 애를 쓰고 있는지 담임교사나 생활부

교사들 모두 익히 알고 있는 터라, 담배 피우는 현장을 목격한 것이 아니라면, 냄새 정도는 다들 그저 모른 척하는 중인 학생이었다. 신고가 들어왔기에 할 수 없이 주머니와 가방을 수색했고, 어김없이 담배와 라이터가 나온 것이다. 교칙에는 담배를 소지한 것만으로도 한차례의 흡연으로 간주하게 되어 있어, 이 학생은 '흡연 삼진아웃제'에 따라 학교를 떠나야 하는 상황에 놓이게 되었다.

"교감 선생님, 저예요. 이제는 번호만 떠도 아시죠?"

"예, 어머니. 여러 번 말씀드렸듯이 저도 안타깝지만 더는 방법이 없습니다."

"선생님, 애가 담배 끊기가 너무 어려워 네시까지 자기 딴에는 죽을힘을 다해 참는 거예요. 종례 끝나고 교문 나서면, 오분이라도 빨리 피우고 싶으니까 가방에 넣어 다니는 겁니다."

난처한 전화를 받을 때의 혜수 씨의 오랜 버릇대로, 혜수 씨는 볼펜을 하나 집어 분해하고 있다. 신중하게, 꼭지를 천천히 돌려가면서.

"어머니, 흡연 예방교육의 목적은 청소년들이 담배를 멀리하게 하는 것입니다. 학교에서만 피우지 말라는 게 아니고요."

"신고가 들어오면 무작정 학생들 짐부터 뒤집니까? 사생활 침해 아닌가요?"

"아닙니다. 무작정은 아니고요, 일단 흡연 측정기를 써서 니코틴 농도 측정을 하지요. 준규 같은 경우에 일정한 수치 이상이 나왔기 때문에, 신고도 있고 해서, 준규한테 설명한 다음 주머니랑 가방을 살핀 겁니다. 이 두 가지 이유로 지금부터 네 소지품을 좀 보겠다, 하고요."

"선생님도 자식 키우는 입장이실 텐데 제가 너무 속상해서 그럽니다. 머리 굵어지고 나면 자식이라고 어디 제 마음대로 됩니까? 우리 준규가 학교에서 다른 문제는 안 일으키는 걸로 아는데 선처를 좀 부탁드립니다, 선생님."

"……"

"교장, 교감 선생님께는 죄송한 말씀이지만, 제가 교육청에 문의를 좀 해야겠습니다."

혜수 씨는 그 옛날, 어머니가 신경질적으로 치르던 의례처럼 교감실 구석에 살짝 소금이라도 뿌려놓고 싶은 심정이 된다. 어젯밤, 혜수 씨가 기억하지 못하는 어떤 나쁜 꿈이라도 다녀갔던 걸까, 별 생각이 다 드는 것이다. 골치 아픈 일이 생겨 괴롭지만, 그 열정은 차라리 부럽다. 내 새끼를 위해 항의하고 겁주고 체면 따위 다 내려놓을 수 있는 그 마음이 어쩌면 대단하게 느껴진다.

중학생 이후 제 할 일을 스스로 알아서 하게 되면서 자연스럽게 혜수 씨의 손길을 필요로 하지 않게 된 두 아이에게 혜수 씨는 그간 어떤 사람으로 기억되고 있을까. 두 아이들이 요청하기 전에 혜수 씨가 먼저 손 내밀어 상담하고, 귀가 후 방으로 쏙 들어가기 전에 불러서 시시콜콜한 얘기라도 다 들어주고, 부탁하지 않아도 손이 많이 가는 영양가 높은 수제 간식을 만들어 먹이고, 요구하지 않아도 철마다 유행하는 스타일의 새 옷을 검색해서 사 입히고…… 그랬었다면, 교사도 교장도 아닌 애매한 입장에서, 고통당하고 한숨 쉬고 자주 관자놀이를 누르고, 그럼에도 마음 편히 쉬지 못하는 이 일상들은 없었을까. '지금 이 모습이, 공허한 방학을 보내며 내가 꿈꿨던 모습이 정녕 맞는가', 혜수 씨는 애꿎은 전화기를 노려보며 되물어본다.

전화 통화 때문에, 그리고 그에 따른 편두통을 잠재우느라 미처 처리하지 못한 일들이 좀 남아 있다. 시계를 흘낏 보니 퇴근 시간 삼십 분 전이다. 컴퓨터 앞을 떠나지 않고 집중해서 서둘러 처리하면 다섯시에는 그만 접고 나갈 수 있을 듯한데, 혜수 씨는 이조차 마음 편히 결정하지 못한다. 거의 매일, 학교에서 저녁 식사를 하고 가는 학생들을 둘러보고 격려하고 인사 건네는 교장이었다. 가끔 교장 곁에서 같이 식당을 돌아보곤 했었는데 이번 주는 한 번밖에 함께하지 못했다. 오늘은 목요일. 우울한 금요일 저녁을 보내지 않으려면 오늘쯤엔 식당으로 내려가봐야 할지도 모른다고 생각하며 혜수 씨는 깊은숨을 내쉰다. 하루가 무척 길게 느껴진다.

혜수 씨를 힘들게 하는 것은 어쩌면 혜수 씨 스스로, 자신의 정확한 역할 범위를 잘 알 수 없다는 점일 것이다. 머리가 둔하지 않은 편이고, 문서의 요점을 파악하거나 컴퓨터를 다루는 것도 비교적 순발력이 있는 편이라 교감이 처리해야 할 정해진 업무만 생각한다면 혜수 씨에게 실은 별다른 문제가 될 것은 없었다. 그러나, '교장을 도와 학교를 원활하게 운영하고 교장과 평교사들 사이에서 신뢰할 수 있는 소통 창구가 되어주는 일'에 대해서라면 혜수 씨는 지금도 잘 모르겠다. 어쩌면 위로 어떤 교장을 두고 있느냐에 따라 혜수 씨가 체감하는 자신의 업무 범위가 조금쯤은 달라지는 것도 부인할 수 없다. 그 애매성이 혜수 씨는 부담스럽다. 피로하게 하루를 마감하고도 다 끝냈다는 개운함이 없는 것이다.

수학을 전공했고, 융통성도 부족한 혜수 씨는 스스로에게 자주 되물을 때가 많다. '이 역시 내가 감당해야 할 일인가', '교감의 역할에 대해 내가 너무 안이하게 판단하고, 내가 할 수 있는 일로 여겨 덜컥 욕심을 낸 것인가', '엄마의 일이 그러하듯, 교감의 일 역시 잘하자면 끝이 없는 것인가', '학교에서도, 집에서도 나는 영원히 지금 내가 잘 하고 있는 게 맞을까 미심쩍어하며 이렇게 나이 먹어야 하나', '이런 상태로, 나는 남들이 다 그러하듯 교장까지 끝내 꿈꾸어야 하는가', 하고.

오전에 들었던 클래식 리스트의 다음 리스트를 찾아 두 번 듣고, 오늘의 두번째 볼펜을 분해하면서 교장실에 전화를 넣는다.

"교장 선생님, 교감입니다. 공문 볼 게 좀 남아서 오늘은 저도 석식 먹는 학생들 돌아볼까 해서요. 다섯시 반에 교장실로 내려가겠습니다."

혜수 씨가 하루해를 넘기기 힘들어했던 그 어떤 방학의 어느 날보다도, 오늘은 너무 길고 답답하고 무기력하다.

여기까지 왔으니, 교장 연수도 받고 교장을 꿈꾸어야 할 것이다. 교장이 되면, 학교 외부 인사를 포함해서 지금보다도 대인 관계 관리에 더 신경을 써야 하니, 혜수 씨로서는 망설여지기도 한다. 책임져야 할 일도 더 많을 것이고, 운용의 묘를 발휘하여 처리해야 한다거나, 부서 간, 담당자 간 조율을 거쳐 해결해야 하는 일들, 그러니까 수치에 강하고 정확한 걸 좋아하는 혜수 씨에게는 쉰이 넘도록 너무도 어려운 숙제들이 지금보다 더 많을 것이다. 그러나, 지금껏 혜수 씨는 교장을 꿈꾸지 않는 교감을 본 적이 없다. 남들이 내 행보를 궁금해하게 되고, 남들의 주목을 받게 되는 상황을 혜수 씨는 감당할 수 없다. 그러니 '왜 교장이 되려 하는가'에 대한 혜수 씨의 답은 어쩌면 팔 할 이상은 '튀고 싶지 않아서'가 될지도 모르겠다.

그리고 혜수 씨가 교감이 된 후 가장 피로감을 느끼고 어려워하는 일인 '교장 모시기'를 피할 수 있으니 그것만 해도 어딘가 생각한다. 식당에 들어설 때마다 그저 내가 마음에 드는 자리를 향해 쭉쭉 걸어나가지 못하는 채 좋은 자리를 살피고, 열한시 반에 휴대폰 알람을 맞추고, 동석해야 할 학교 외부 모임이 있으면 운전해서 모시고…… 하는 일들을 이제는 좀 그만하고 싶다.

무슨 거창한 탈권위주의에 대한 실천이 아니라, 너무 거추장스럽고 구차하고 피로하기에, 혜수 씨가 남몰래 오랜 세월 준비해온 교장 취임사가 있다. '혹시 제가 참석하는 교직원 워크숍이나 부서 협의회가 있으면 제가 알아서 잘 갈 테니 교장실로 모시러 오지 마세요. 학교에서 먹는 점심도 제가 배고픈 시간에 제가 알아서 먹겠습니다. 다만 제가 식당에 혼자 들어서더라도 피하지나 마시고, 나누던 얘기 계속 나눠주시면 좋겠습니다. 평소에 물어보고 싶었던 점이나 건의하고 싶었던 점, 만난 김에 얘기 꺼내는 건 얼마든지 환영이지만, 식당에서 굳이 제게 말 붙이려고도 하지 마십시오. 저는 나누시던 얘기나 재미있게 엿듣다가 배 채우고 가겠습니다. 다른 뜻은 없습니다. 진심입니다.'

누군가를 대접하는 일도, 누군가에게 내 자리에 걸맞은 대접을 받는 일도 혜수 씨에게는 다만 쓸데없는 긴장감을 안겨주고, 세월이 흘러도 항상 어렵기만 하다. 물론 그다지 행복하지는 않다. 하지만 교감이 되어 살아가는 지금 이 상황을 되돌리기 어렵고, 다시금 넋을 놓고 앉아 지는 해를 굽어보는 그 덥거나 추운 시간들로 돌아가고 싶지도 않기에, 오해를 무릅쓰고 이런 취임사를 건네게 될 날을 희망하며 혜수 씨는 끙차, 하고 엉덩이를 일으킨다.

　다섯시 이십팔분,
　좋은 생각을 하려고 애쓰며 천천히 걸어가면 교장실까지 시간을 딱 맞추겠다.

모두가 알지만 아무도 모르는, 무늬

전소영(문학평론가·홍익대 교수)

1. 보이지 않는 사각형

여름날이었다. 습기를 머금은 교복이 계절의 더운 입김에 떠밀려 피부 위에서 움찔거리던 미술 시간. 조심스럽게 커터 칼을 쥔 아이들은 책상 쪽으로 몸을 구부리고 있었다. 사방 연속무늬, 필요에 따라 이방연속무늬를 만들어내기 위해서였다. 각자에게 똑같이 주어진 8절 하드보드지에 그것을 틈 없이 채워 넣는 일이 그날의 과제였다.

먼저 무늬의 틀이 될 정사각형을 간격 맞춰 종이에 그려 넣는다. 그 안에 나름대로 떠올린 도안을 역시 오차 없이 일정하게, 사방으로 새기면 그만이다. 과정은 단순했지만, 의자에 앉은 누구도 오래 반복되는 행위를 싫증 없이 받아들일 만큼 참을성이 많은 나이는 아니었다. 가뜩이나 손이 둔해서 교실이 적막해서 작업은 하오의 해만큼이나 지루했다.

같은 모양의 무늬와 같은 크기의 사각형을 보고 또 보고 있으려니 한껏 가열된 아스팔트 위를 걷는 것처럼 아득해졌다. 다만 짙은 아득함에 정신이 고요해지는 그런 순간은, 평소엔 별로 떠올리지 않을 만한 기이한 생각을 게워놓기도 한다. 그날도 그랬던 모양이다. 딱딱한 직사각형의 종이, 그 직사각형 안의 정사각형에서 태어나는 무늬가 일순 수인(囚人)처럼 보였다.

무늬는 죄가 없는데, 하다가 갇힌 것을 모르는 것도 죄라면 죄일 수 있겠다는 생각이 들었다. 틀 안의 존재는 자기 배후에서 삶을 좌지우지하는 힘에 관해 좀처럼 알지 못한다. 알려들지 않는 것일 수도 있고 알고도 모른 척하는 것일 수도 있다. 그편이 어떤 의미에서는 안전하기 때문이다.

그래도 그날, 그 순간엔 네모난 책상에서 고개를 들기로 했던 것 같다. 방범용 쇠창살이 밖을 가리고 있는 네모난 창과 네모난 교실을 바라봤을 수도 있다. 학업 때문에 토끼를 빼앗기고 친구를 빼앗기고 삶마저 빼앗긴 슈바벤 지방의 한스 소년이* 떠올랐을지도 모른다. 기억은 여기까지다. 결국 시간 내에 종이를 다 채웠는지, 소박한 변덕을 부려 과제를 팽개치

---

* 헤르만 헤세의 『수레바퀴 아래서』에 나오는 한스 기벤라트.

고 뿌듯함을 얻었는지 알 수는 없다. 하지만 출구 없는 틀에
갇혀, 갇혀 있는 줄도 모르는 무늬(인지 나인지)를 얼핏 보긴
했던 것이다.

이 시답잖은 기억의 올을 길게 풀어낸 이유는, 어쩌면 누
구나 한 번쯤 모종의 사방연속무늬를 만났을지 모른다는 예
감 때문이다. 류소영의 세번째 소설집 『내 인생의 사방연속무
늬』는 이 묵직한 예감을 툭 던져준다. 표제작 「내 인생의 사
방연속무늬」를 잠시 돌이켜보자. 생의 특정한 국면마다 사방
연속무늬의 환영을 보는 '나'의 이야기가 누벼져 있다. 어린
시절 '나'는 어떤 사건을 목격했고 그것을 부당하다 느꼈지만
끝내 분노를 터뜨리지 못했다. "나는 왜 여기에 있는가. 여기
에서 지금 나는 무엇을 하고 있는가 하는 가여운 질문을"(12
쪽) 곱씹었을 뿐이다.

그 시간 '나'는 사방연속무늬 타일과 물소리가 있는 욕실
에 서 있었는데 그 뒤로 어떤 조건 안에서 무늬와 소리가 유
령처럼 기척을 드러내기 시작했다. 주로 '나'가 타인과 시대
로부터 굴욕을 당했다고 느낄 때 그랬다. 좀 더 정확히는 삶
이 모욕적이라 느낀 순간들에 큰 항의 없이 적응해갈 때 그랬
다. 그 사방연속무늬와 물소리가 어김없이 '나는 무얼하고 있
는가'라는 자조적 질문과 무참한 기분을 앞세워 나타났던 것
이다.

그렇게 대학 시절을 보냈고 결혼을 했으며 공무원이 된

'나'는 이제 마흔일곱이 되었다. 환영을 볼 때의 고통에는 비교적 익숙해졌다. 하지만 무늬의 출현 빈도는 잦아지고 있으니 어쩌면 생의 마지막 순간까지 "나는 왜 여기에 있는가, 여기에서 나는 무얼 하고 있는가, 하면서 의아해하고 낯설어하고 모욕당한 듯 느끼다가 다른 생으로 건너"(31쪽)갈지도 모를 일이다. 이 '나'의 삶은 초라한가. 적어도 본인은 그렇게 확정해버린 듯하다.

다만 소설은 생이 비루하다고 되뇌면서도 거기서 쉽사리 빠져나오지 못하는 인물의 모습을 그저 보여주는 것으로만 끝나지 않는다. 혼돈의 순간들을 마주하며 그가 감당해야 했던 감정을 한 올 한 올 건져내고 그 이면에 자리한 냉혹한 현실을 감지하게 한다. 경쟁을 종용하는 사회, 부나 학벌로 인간에게 계급이 매겨지는 세계, 권위주의적이고 폐쇄적인 관료주의 시스템의 부조리들. 그에 익숙해진 사람이라면 눈치채지 못할 비정상성이 기이한 사방연속무늬의 뒤편에서 아른대는 것이다.

이것은 류소영이 『피스타치오를 먹는 여자』(문학동네, 2001)와 『개미, 내 가여운 개미』(작가정신, 2013)에서부터 이번 소설집에 이르기까지 지켜온 어떤 발화 방식이라고도 할 수 있겠다. 그의 소설은 거대한 세상과 사소한 개인의 모습을 동시에 담아내지만 세계의 문제는 어디까지나 움츠린 사람들의 상처 입은 내면을 통과할 때만 선명해지곤 했다. 그리하여 우리는 소설집의 마지막 책장을 덮는 순간, 삶의 진실이 결국 어떤 대단한 프로파간다가 아니라 사소한 소망조차 지켜내지 못한 채 자신을 책망하는 남루한 사람들의 이야기로부터 발견된다는 작은 진리를 새삼 믿게 된다.

2. 그들은 왜 아픈가

누군가 자신이 병들었다고 말한다. 그런데 실은 그가 속한 집단이 병든 상태다. 그렇다면 그 안에서 불행한 이와 행복한 이 중 어느 쪽인 환자인가. 아무래도 병든 곳에서 문제없이 적응해가는 인간이 인간적인 의미에서는 환자에 가까울 것이다. 그 생각을 갈피끈 삼아 펼치면 좋을 만한 소설이 두 편 있다.

여기 한 사람이 보인다. 불면증을 달갑지 않은 동반자 삼게 된 자. 그리고 또 한 사람. 자신이 결정 장애 혹은 햄릿 증후군을 병적으로 앓는 중이라 믿는 자. 이 만성 질환의 아귀힘은 갈수록 세게 두 삶을 틀어쥐는 중이다. 하여 한쪽은 불면의 밤에 관해 토로하고 다른 한쪽은 결정 장애의 내력에 대해 고백한다. 「밤에 잠이 오지 않는 은미 씨」와 「그 무엇도 쉽게 판단할 수 없는 주영 씨」의 서사가 이러하다.

앞의 이야기를 먼저 듣는다. 은미 씨는 왜 잠을 이룰 수 없는가. 오십대의 그가 기간제 양호교사로 지내온 세월이 이제

십사 년쯤 되었다. 쉴 새 없이 달려왔는데 지나온 시간의 유산이 공교롭게도 불면증이다. 명절 전, 찬바람이 불어올 무렵, 상대의 부탁을 거절한 날 불면은 어김없이 그의 베갯잇에 걸터앉는다. 그럴 때마다 은미 씨는 분주히 자기 내면을 뒤적여 이유를 찾아내곤 했다. "타고난 내성성과 남의 시선을 늘 의식하고 살아가는 소심함"(93쪽) 때문이라는 것이다.

엊그제 친하게 지내는 동료 기간제 교사로부터 "쌤도 혹시 이번 명절에 교장, 교감 선생님 선물 준비하셨어요? (……) 사실 좀 신경이 쓰이긴 하네요"라는 말을 들었다. 은미 씨는 그런 생각조차 해보지 않았다. 그렇게 보아서인지, 그 며칠, 교장이 다른 기간제 교사들에게만 친절한 미소를 보내는 것 같고, 은미 씨는 나잇값도 못하는 센스 없는 아줌마로 보는 것 같기도 했다.(81~82쪽)

그러나 '내성적이고 겁이 많다'는 자책이 은미 씨 안에서 메아리치면 칠수록, 비난을 유독 자신에게만 겨누고 있는 그의 행동이 어쩐지 석연치 않다고 생각하게 된다. 정말이지 은미 씨의 천성만이 문제였을까. 그가 밤잠 이루지 못한 날들의 낮 시간을 다시 돌아다보자. 구체적으로는 이런 일들이 있었다. 윗분들의 선물을 준비하지 않았다. 그들의 경조사를 챙기지 않았다. 어깨 주물러달라는 윗선의 부탁을 거절하기도 했다.

그날 은미 씨가 잠들지 못했던 것은 이러한 자신의 처사가 문제 삼아질 수 있다고 여겼기 때문이고 그 판단의 잣대가 된 것은 학교의 관행이었다. 관행이란 특정 집단 안에서 암묵적으로 만들어진 행동의 기준이다. 그것은 집단이 오래될수록 하나의 규범처럼 굳어지기도 한다. 그러다 보면 관행을 따르는 것이 선택 가능한 일이 아니라 정상적인 일, 심지어 바람직한 일로 여겨질 때도 있다.

그러나 관행은 특정한 맥락이나 권위주의적, 관료주의적 권력에 의해 만들어지기도 한다. 더군다나 그 내용이 만든 주체의 상식에 국한된 것이어서 다른 이의 윤리적인 판단이나 신념과 마찰을 일으킬 여지도 있다. 그럼에도 관행이라는 이름 뒤에 내장될 수 있는 이 억압을 집단의 구성원이 사유하지 않는다면 그것은 시간에 마모되는 일 없이 더 단단해질 수밖에 없다.

알고 보면 "조금이라도 꺼림직한 느낌이 있으면 절대 기웃거리지 않고 모든 일을 곧이곧대로"(83쪽) 하는 은미 씨는, 기간제 교사라는 불안정한 위치에 있음에도 이 관행들을 눈감고 받아들일 수가 없었다. 물론 "아주 빡빡하고 불친절한 기간제 교사라고 인근 학교에 쫙 소문"(88쪽)이 나서 실직이라도 하게 될 경우 나름의 소명으로 살아온 그는 불행해지고 말 것이다. 때문에 "융통성을 발휘하며 살아야"(84쪽) 한다고, "무감각하게 지냈으면 좋겠다"(85쪽)고 생각한 적도 있다.

몇 해 전, 대형 선박사고가 났을 때, 은미 씨는 두 달 정도 거의 매일 악몽을 꾸고 깊은 잠을 십 분도 채 이룰 수 없어 한동안 병원 치료를 받았다. (……) 선박사고 정도의 규모는 아니어도 어쨌든 학교를 끼고 어떤 불의의 사건 사고가 생기면 은미 씨는 잠을 잘 수 없다. 그러면 화재, 유독가스 흡입, 물놀이, 골절 등등 상황별 응급 대처 매뉴얼을 꺼내 다시 한 번 숙지한 다음, 미지근한 우유를 마시고 가부좌를 틀고 앉아 호흡을 가다듬는다.(85~86쪽)

다만 그 생각은 행동으로 이어지기 전에 휘발되곤 했다. 은미 씨가 뼈저리게 알고 있었기 때문이다. 아무도 회의하지 않아서 지속되어온, 지속되어 굳어지고, 굳어지다 못해 부식된 이 사회의 관행과 권위주의적 권력이 선량한 사람들에게 얼마나 치명상을 입힐 수 있는지를 말이다. 무고한 어린 생명을 앗아간 선박 사건이 일어난 후 은미 씨는 그에 관해 더 예민해졌다. 그리하여 경직된 틀에 순순히 갇혀서는 안 된다는 마음과, 학교에서의 삶을 포기할 수 없다는 마음은 계속 부딪혀 파열음을 낼 것이고 은미 씨의 밤에도 잠은 쉬이 내려앉지 않을 것이다.

주영 씨의 사정도 이와 크게 다르지 않다. 자신의 결정 장애가 병적이라고 생각했고 병의 원인과 해법을 찾기 위해 자기 자신만을 다그쳤다. 그러나 신경정신과 의사의 권유로 결정 장애의 내력을 써 내려가던 그가 확인한 것은 병이 외부에서 왔다는 사실뿐이었다. 주영 씨는 왜 매사에 결정을 유보하게 되었는가.

사 년째 고등학교에서 일반 사회를 가르치고 있는 그의 교사 생활은 비교적 늦게 시작되었다. "좀 더 전문성을 갖"추려는 열의가 그를 석사 과정으로 이끌었고 교직에 대한 갈망이 세 번의 임용고시 "도전"을 감행하게 했던 까닭이다(177쪽). 한때는 그렇게 주저함의 기색 없는 결정으로 삶의 길을 내온 주영 씨였다.

내가 '사회'를 가르친다고는 하지만, 실은 우리가 '두 개의 사회'에 살고 있는 건 아닐까 싶어집니다. 보고 싶은 것만 보고, 듣고 싶은 것만 듣는 사회에서 '현실을 보는 눈' 따위가 다 무슨 소용이랴 싶기도 하고요. 그러면 아예 근본으로 돌아가 제가 택한 전공 자체가 오류였다는 쓸쓸한 결론에까지 이르기도 합니다. 정말 답이 안 나오는 환자이지요, 선생님?(193쪽)

하지만 학교 현장에 발을 들여놓은 순간부터 그가 결정을 내리는 과정에는 미세한 균열들이 생겨나기 시작했다. 그는 사회 교사로서 학생들이 "우리 사회를 보는 눈을 키워주어야 한다"(185쪽)고 믿었고 "보수는 적더라도, 그 누구보다 윤리적인 일을 하고 싶"(188쪽)어 했다. 하지만 종종 그 결심은 무색해졌다. 이를테면 학생들의 진학 지도를 할 때, 생활 관리를 할 때 그랬다. 그 순간 주영 씨는 입시 데이터가 인간의 장래를 좌우하는 냉혹한 시스템의 수행자이거나, 학생들을 미숙하다고 단정짓고 관행에 따라 통제하는 집단의 관리자였다.

흔히 학교를 작은 사회라 부른다. 하지만 주영 씨에 따르면 그곳은 사회를 유의미하게 미리 체험할 수 있는 장소라기보다는 현실이 불합리해도 적응해야 한다는 것을 알려주는 곳에 가까워졌다. 그는 이제 무엇을 가르쳐야 하는가. "가끔은 제 윤리라고 하는 것도 자주 흔들리고, 그 실체조차 의심"스러워지는 경험에 노출되며(188쪽) "성찰 없는 자기방어"(184쪽)와 "정신적 열패감의 종합선물세트"(192쪽) 사이에서 진동해야 하는 그는, 어쩌면 필연적으로 결정 장애에 시달리는 운명 안에 놓여 있는지도 모른다.

이렇듯 두 소설은 인물들의 신념과 행동이 어긋나는 순간들을 섬세하게 나열하고 그때 은미 씨와 주영 씨가 느꼈을 강렬한 감정을 밀도 있게 복원해낸다. 그러고는 말한다. 자, 은미 씨와 주영 씨는 자신들이 병들었다고 했다. 그런데 그들이 속한 집단에 원인이 있다면 그 안에서 불행한 이와 행복한 이 중 어느 쪽이 아픈 것인가. 적어도 거기 무리 없이 적응하지 않기로 한 이들은 병인(病人)이 아닐 것이다.

3. 그 이력이 전하는 말

무람없는 시간은 매 순간을 빠르게 흘려보내지만 인간은 기억으로 그 무자비에 대응한다. 그리하여 각각의 삶에는 기억의 서고가 공평하게 갖춰진다. 하지만 모두가 그 서고에 기꺼운 마음으로 드나들 수 있는 것은 아니다. 누군가는 희미해져가는 기억을 보존하기 위해 안달이 나는가 하면 누군가는 거기 자물쇠를 채우고 발길을 끊는다. 또 다른 누군가는 출입하기도 잠가두기도 쉽지 않은 그 앞을 그저 배회한다. 이제 만날 두 인물의 일이 그와 같다.

「우울한 남규 씨」에서 오십대 중반의 남규 씨를 기억의 서고 앞에 세운 것은 '반월상 연골판 파열' 판정이다. 나이가 나이니만큼 그의 무릎이 비명을 지르는 것은 당연한 일이었다. 그러나 충격은 남규 씨를 온통 뒤흔들어놓았는데, 그도 그럴 것이 '걷는 일'이 그에게 평생 "무언가로 고뇌하거나, 무슨 일인가로 깊이 절망하거나, 아니면 지독한 무의미를 견디"기 위해 마련되었던 "취미이자 특기"였기 때문이다(104쪽).

돌이켜보면 지난 세월의 주 연료는 울분이었다. 세상을 변혁하겠다는 거창한 사명감까지는 아니었지만 탐욕스러운 친척을 향한, 군사정권을 겨냥한 "순정한 울분"(107쪽)이 그를 투쟁적으로 살게 했다. 그런데 광장에서 보낸 그 젊은 날이 지나간 후에도 울분은 마르지 않았다. 뒤늦게나마 자신이 바라마지 않았던 학교의 현장에 다다랐지만 남규 씨의 삶은 여전히 지리멸렬할 뿐이다.

교직으로의 정식 입성. 뒤늦게 진입했지만, 그래도 의욕으로 충만한 서른여섯의 청년이었다. 어떤 집단에 들어왔으나, 열심히 일해 차근차근 올라가는 것을 꿈꾸는 게 아니라 오히려 승진을 혐오하게 만드는 집단에서 일하는 자의 지리멸렬. (……) 개인적 노력으로 겨우 몇 밀리미터의 바퀴를 굴리는 것 말고는 개선의 여지가 없어 보이는 학교에서의 꽉 막힌 하루하루. 철저한 관료 사회. 행정적 집단. 대체로 보수적이고 순종적인 동료들.(113~114쪽)

아이러니컬하게도 "잘 가르치고, 창의적으로 가르치고, 학생들의 국어 능력을 실질적으로 키워줄 수 있는 방향으로 가르치"고자 하는(115~116쪽) 교사 본연의 목표는 퇴색되어 있었다. 그에 대한 울분으로 남규 씨는 교육 비평서와 교육 정책서를 출간했고 학교 현장이 미미하게나마 변하는 것을 느끼기도 하였다. 하지만 시스템이 본질적으로 개선될 수는 없어, 고뇌와 절망과 무의미를 견디는 날은 오십대까지도 계속되었다. 그때마다 그는 "그저 걷고 걷고 또 걸었고, 가끔은 심장이 터지도록 달"(117쪽)릴 도리밖에 없었다.

이와 비슷하고도 좀 다른 이력이 「말의 행간을 생각하고 싶지 않은 혜수 씨」의 혜수 씨의 삶에서도 발견된다. 남규 씨와 비슷한 연배의 혜수 씨는 고등학교 교감으로 재직 중이다. 생의 잔잔한 흐름을 따라 사범대에 진학했고 별수 없는 상황으로 인해 적성에 맞지 않는 교사 생활을 시작했다. 그래서 얻게 된 자괴감과 무력감은 다행히 시간에 마모가 되었지만, 교감이 된 후에도 그의 삶은 편치가 않았다.

교장을 도와 학교 운영에 동참하고 교장과 교사들 사이의 소통을 돕는 일이 교감의 몫이라 했다. 그러나 혜수 씨가 감당해야 할 것은 그 몫이 아니라 "어쩌면 이 동네만은 이 서글프고 지긋지긋하고 불쌍한 의전의 세계를 쉽게 벗어나지 못할지도 모른다"(208쪽)는 예감이었다. 자신의 목표와 역할을 직접 설정하기보다 권위주의와 관행에 붙들려야 하는 생활. 혜수 씨는 교감이 되어서도, 혹은 교감이 되었기 때문에 그로부터 이탈하지 못하고 있다.

그러나, 그 희미한 기억이 때때로 혜수 씨를 불편하게 한다. 대통령이 바뀌고, 교육감은 더 자주 바뀌고, 교육 정책도 그에 못지않게 자주 옷을 갈아입는 와중에, 혜수 씨는 그저 위에서 내려오는 지시와 정책에 발을 맞추어 하루하루 바쁘게 적응하고 살아내고 있는 것이다. 다만, 아무 생각 없이, 결과적으로, 본의 아니게, 혜수 씨 자신의 손으로 힘써 악에 복무하게 되지 않기를 간절히 바랄 뿐이다.(213쪽)

한 가지 다행은 그에게 그 삶이 "불편"하다는 사실이다. 혜수 씨는 자신이 "아무 판단도 성찰도 없는 낡아빠진 관리자로 진입"(213쪽)하고 있다는 사실에 낙담하는데 그를 낙담하게 한 것은 대학 시절에 만들어졌던 희미한 기억의 조각이다. 남규 씨만큼의 울분은 없었어도, 미약한 힘이나마 보태기 위해 혜수 씨 역시 6월 행렬의 끄트머리에 섰다. 그리고 남규 씨가 '다른 삶'을 바라며 교육 비평을 썼던 것처럼, 혜수 씨도 "최소한 악에 복무하지 않게 되기를 바라며"(213쪽) 고리타분한 의전의 세계만큼은 개선해보겠다고 다짐을 한다.

옮긴 두 소설에서 민주화 운동의 경험은 끊어질 듯 이어지며 이들의 삶에 영향을 미치고 있고, 그것은 좀처럼 나아지지 않는 삶에 대한 회한을 남규 씨와 혜수 씨에게 순간순간 안긴다. 민주화 운동의 경험을 지닌 이른바 86세대가 교사가 되어 그 이후의 자기 삶을 냉정하게 성찰하는 이 서사들은 자못 의미심장해 보인다. 1980년대 후반 이후 한국 사회가 정치적 민주주의의 길로 접어들었지만 그것이 일상의 민주주의로 이어졌는지, 그래서 온전한 의미의 민주주의 사회가 실현되었는지, 차갑고 단단하게 물어오는 까닭이다.

학교란 어떤 곳인가. 민주화가 실현되어야 하는 일상의 공간일 뿐 아니라 민주주의를 교육하는 기관이기도 하다. 정치적 광장에서 획득된 민주주의가 사회 저변에 스며들 수 있도록, 지난 역사가 내면화한 부당한 가치들이 있다면 후세대가 그것을 알아차리도록 돕는 곳. 그러나 애석하게도 민주화 운동의 대오에 섰던 남규 씨의 울분은 이어지고 혜수 씨의 삶은 계속 불편하다. 그들이 오십대에 이른 지금까지도 말이다.

삼십여 년 전 눈앞에 보이는 거대한 억압은 사라졌다. 그렇다고 삶에 내장된 미시적 억압까지 자동 소멸되는 것은 아니다. 아직까지 학교와 직장, 혹은 더 작은 일상의 공간에는 그것이 매복되어 있고 저마다 그에 익숙해져 있는 것은 아닌지 자기 안팎을 심문할 필요가 있다. 심문 없는 사회에서 얼마나 많은 이들이 눈물을 흘려야만 하는지 우리는 사실 잘 알고 있다.

4. 저마다 틀을 알아차리는 일

그래서 주어진 틀에 균열을 내보려다가 유난스럽다고 낙인 찍힌 한 사람이 있다. 또 그로 인해 자기 내면의 틀에서 조금씩 이탈하기 시작한 사람도 있다. 「알뜰한 명희 씨」의 이야기이다. 소설집의 '아무개 씨' 시리즈들 중 유일하게 두 인물의 유대를 보여주는 이 작품에는 사십대 화학 교사인 명희 씨와 그를 유심히 살피는 비슷한 또래의 부장 교사 '나'가 등장한다.

관찰하는 서술자의 눈을 독자가 따라가게끔 만드는 소설들

이 으레 그렇지만, 이 작품에서도 명희 씨에 관한 정보는 '나'
의 시선을 통해 제한적으로 전달된다. '나'에게 그는 처음엔
"무난한 동료"(127쪽)였다가 "계산속이 거슬리"는(129쪽)
인물이었다가 점점 "얄밉기도 하고 흥미롭기도 하고 신선하
기도 한 여인"(131쪽)으로 각인된다.

　틀림없이 누군가에게 명희 씨는 돌출된 모서리 같은 존재
일 것이다. 전통이라 불려온 학교의 관행과 거리낌 없이 대립
했고 때론 '나'의 내부에서 관성이 된 그것들을 흔들어놓기까
지 하였다. 그래서 흐릿한 미움에 둘러싸여 있으면서도 시종
일관 밝고 당당하다. 그런 명희씨에게 '나'는 조금씩 이끌려
가고 있었다.

　"맞아요. 그리고 제가 좀 유난하긴 해요. 잘난 척 같긴 하지만,
수업 싫어지는 순간 미련 없이 관두겠다, 그런 신념 비슷한 거 가
지고 있어요. 그 신념 지키려고 더 악착같이 아끼는 건지도 모르
겠네요."
　'수업이 싫어지는 순간 미련 없이 관두겠다'는 그녀의 말을 나
는 오랫동안 곱씹고 있었다. '미련 없이'와 '악착같이'가 멋있게,
혹은 슬프게 공존하는 그녀의 현재를…… 술은 진즉에 떨어졌고
나는 자꾸만 목이 탔다. (……) 언젠가, 강촌이거나 대성이리이
거나, 그도 아니면 서쪽으로 나가서 을왕리 해수욕장이거나 했던
그런 그런 밤들에서, 아스라이 기타 소리 혹은 누군가의 노랫소

리, 혹은 누군가들의 싸우는 소리가 어디 멀리 저승에서인 듯 들려오고, 우연히 곁에 앉은 동료랑 얘기가 잘 통해, 우리끼리 딴 세상에 온 듯, 밤 깊어가는 줄도 모르고 대화하던 순간들이 문득 떠올랐다.(142~144쪽)

그러던 어느 날 둘은 작은 담소의 시간을 공유하게 된다. 그날 '나'는 유난하고 과민하다 일컬어지는 명희 씨의 교직 생활에 관해 듣다가, 실은 그것이 좋은 수업에 관한 유난한 고민, 학생들의 안전에 대한 과민한 행동에서 비롯된 것임을 알게 된다. 그러고 보면 내면화된 틀을 벗어나려는 그런 유난함과 과민함이 꼭 필요한 곳이 학교이고 그것이 유난함과 과민함으로 인식되지 않아야 할 곳이 또한 학교였다. 명희 씨의 이야기에 '나'는 목이 타다가, 열정만으로 굴러가던 지난 날의 기억을 떠올리다가 하였다. 소설은 이렇게 끝이 난다. 두 여성의 이 조촐한 교감이 각자의 인생에 어떤 파동을 남겼을지 우리는 알 수 없다.

그러나 하나의 올곧은 마음이, 다른 마음을 끝내 외면할 수 없는 불편한 진실 쪽으로 움직이게 하는 마지막 장면에서 우리는 이 소설집의 전제가 되는 어떤 믿음과 마주하게 된다. 은미 씨 등이 그러하였듯 누구에게나 출구도 없고 유연하지도 않은 사회 구조나 제도 안에 갇혀 삶이 녹슬어가고 있다는 사실을 참담하게 확인하는 순간이 올 수 있다. 그것은 우리에게 분명 가볍지 않은 실망감을 안길 것이다.

　다만 우리가 그 실망감을 끌어안고 일상으로 터벅터벅 걸어 들어갈 때, 우리의 작지만 날 선 목소리들이 공명하며 조금씩 커질 때, 불투명한 세상 안에 흩뿌려진 투명한 진실 조각이 문득 빛을 발할 수도 있는 것이다. 그래서 류소영의 소설 속 인물들은, 한여름 오후 공기처럼 눅눅하게 내려앉는 환멸을 견디며 끝내 살아간다. 살아가는 일을 속절없이 괴로워할 수 있는 그들만의 날카롭고 다정한 감정이 소설집을 내내 일렁이게 한다.

두번째 소설집을 묶은 뒤 그냥 학교 왔다 갔다 하고 맨날 지기만 하는 롯데자이언츠 응원하고, 저축하거나 빚 갚고 두 딸들 키우며 살았다.

어느 밤, 잠이 오지 않아 두 권의 내 소설집을 다시 읽어보다가 내가 소설가로서 가면을 쓴 채 글을 썼구나, 그런 느낌을 받게 되었다. 위선이나 거짓은 아니고 다만 좀 예뻐 보이고 싶어 하고 순박해 보이고자 하는 유치한 수준의 가면.

남의 가면을 느꼈다면, 사는 게 다 그렇지, 하고 넘겼겠지만 나의 가면인지라 아무리 보아도 친해지고 귀여워지지가 않았다.

그래, 이제 구석 자리의 여인들, 씩씩하게 살아가도록 조용히 뒤에서 응원하고, 나를 보자, 내 맨 얼굴을 좀 보자……
마음먹고 몇 편의 글을 쓰게 되었다.

그런 각성으로 쓰게 된 세 편의 글은 내 생의 굴욕, 내가 느낀 허세, 성애에 대한 나의 생각 등이 녹아 있는 소설들이다.

사람 이름들이 나오는 연작은 절반 이상 이기정 선배의 공이다.

내게 "교육 소설은 왜 쓰지 않는가?" 물어와, '그래, 정말 왜 안 쓰지? 왜 여태 그런 생각 못했을까?' 본격적으로 고민해보게 되었다.

아마도 나는 일터와 창작을 철저히 분리해서 생각해왔던 것 같다. 퇴근하고 돌아와 물 한잔 마시고, 일터에서의 일이 아닌 다른 글감을 머리 싸매고 고심해왔던 것 같다.

조심조심, 교육 문제에 대한 작품은 내 능력 밖인지라, 그저 내가 일터에서 만난 다양한 인간 군상들을 들여다보며 여섯 편의 연작을 완성했다.

그 과정에서 다시금 이 선배는 자신의 책 속 논리, 자신의 삶을 기꺼이 빌려주셨는데 거듭 고맙게 생각하고 있다(연작 속 누군가가 이 선배와 비슷한데 가장 생동감 없이 그려져 송구할 따름이다).

스물여섯 살까지는 배우는 자로, 스물일곱부터는 가르치는 자로 학교에서만 보낸 생애라, 세상의 비루함, 저열함, 이전투구로부터 어느 정도는 비껴나 있는 삶이라는 것을 알고 있다.

안도감도 회한도 부끄러움도, 부러움은 더더욱 아니고 그저 인정한다는 얘기다.

그러나 이 안온한 교훈의 세계 속에도, 당연하게도 삶의 희로애락이 숨 쉬고 있다는 것을, 별것 없는 글솜씨로나마 얘기하고 싶었다. 허나 막상 출간을 앞두니 괜히 이래저래 마음이 쓰이는 것도 사실이다. 교사 연작들 중 그 누구도, 나와 함께 근무하거나 근무했던 분들과 직접적인 연관이 없음을 밝힌다. 다만 직책의 유사성으로 오해하거나 오해받는 일이 없기를, 우습고 쓸데없는 말이겠으나, 희망해본다.

이 선배를 포함하여 1999년 늦가을, 교직에 첫발을 내디딘 내 늙은 발령 동기들의 인생 후반기를 응원한다. 그들 역시, 종종 내가 그러하듯 자주 무릎이 꺾이는 듯하고, 허망의 늪 속을 헤매겠지만…… 독재가, 교실 붕괴가, 바른 교육에의 열정이, 촛불이, 사랑이, 그렇게 다 지나가도 삶은 계속된다.

그들에게, 그리고 같은 해 4월 사회에 나온 내 평생 친구 化에게 이 작은 책을 바친다.

2020년 여름날에
류소영

내 인생의 사방연속무늬

ⓒ 류소영

1판 1쇄 발행 | 2020년 7월 31일

지은이 | 류소영
펴낸이 | 정홍수
편집 | 김현숙 임고운
펴낸곳 | (주)도서출판 강
출판등록 | 2000년 8월 9일(제2000-185호)

주소 | 서울시 마포구 동교로 17안길 21(우 04002)
전화 | 02-325-9566
팩시밀리 | 02-325-8486
전자우편 | gangpub@hanmail.net

값 14,000원
ISBN 978-89-8218-260-0   03810

이 도서의 국립중앙도서관 출판예정도서목록(CIP)은 서지정보유통지원시스템 홈페이지
(http://seoji.nl.go.kr)와 국가자료종합목록시스템(http://www.nl.go.kr/kolisnet)에서 이용하실 수 있
습니다. (CIP제어번호 : CIP2020030484)